LES AMOUREUX DE NOËL

SIERRA DONOVAN

LES AMOUREUX DE NOËL

Traduit de l'anglais par Paul Boutin

ÉDITIONS PRISMA

Titre de l'édition originale :
No Christmas like the present

ISBN : 978-2-8104-3898-3

À Donny et Sierra

Vous avez grandi en voyant beaucoup trop souvent votre maman de dos assise devant son ordinateur.
Merci.

Je vous aime tous les deux plus que je ne peux le dire avec des mots.

Chapitre 1

Nous étions le 16 décembre, et elle avait à peine commencé à rédiger ses cartes de Noël.

Lindsay Miller était assise dans le salon de son appartement, le plateau télé devant elle avec une pile de cartes de vœux et d'enveloppes. Chaque année, elle se promettait de s'y prendre tôt, et chaque année, elle finissait par s'y mettre en retard. Tout le premier paragraphe de ses vœux consistait à s'excuser d'être en retard, à s'excuser de ne pas avoir écrit pendant l'année et à s'engager à faire mieux l'année prochaine. Quand elle avait eu vingt-neuf ans, elle avait renoncé à la litanie annuelle d'excuses. Ils l'avaient déjà entendue trop souvent. Mais chaque année, elle se promettait encore de les surprendre.

L'année suivante.

Lindsay soupira et repoussa une mèche de cheveux châtain clair derrière son oreille tout en se consacrant à sa tâche. Elle feuilleta son carnet d'adresses à la couverture usée jusqu'aux G. Ce n'était que la septième lettre de l'alphabet.

Du coin de l'œil, elle jeta un nouveau coup d'œil à la vieille version en noir et blanc d'*Un Chant de Noël* qui passait à la télévision. C'était sa scène préférée, lorsque Fred, le joyeux neveu de Scrooge, expliquait une fois de plus les joies de Noël à son oncle. Et c'était sa version préférée du film, car ce Fred était exceptionnellement beau. Élégant et brun, avec des yeux sombres et chaleureux et des traits exquis, il était resplendissant dans son long pardessus, chapeau haut de forme à la main.

– *J'ai toujours considéré la période de Noël comme un moment agréable*, dit-il de sa voix chaleureuse, avec cet accent britannique montrant une bonne éducation. *Le seul moment à ma connaissance où les hommes et les femmes semblent, d'un commun accord, ouvrir librement leurs cœurs fermés.*

C'est vrai, pensa Lindsay qui se sentait ironique. *Dès que j'aurai terminé ces cartes.*

Mais elle ressentit un pincement au cœur. Une autre période de vacances se terminait. Elle avait au moins envoyé ses paquets cadeaux, mais il lui restait encore des courses à faire... plus de caramel à faire… et ces cartes de vœux… tout ça à faire en plus de sa journée de huit heures au bureau. Elle avait l'impression que pour bien faire les choses, il aurait fallu que Noël soit un job à plein temps.

Elle détacha ses yeux de Fred et ramena son attention sur le nom suivant dans le carnet d'adresses. Ruth Gillespie. Son ancienne camarade de chambre à l'université. Quand s'étaient-elles parlé pour la dernière fois ? Elle fit comme chaque année dans sa tête le vœu de l'appeler en janvier, une fois la cohue des fêtes passée.

Alors que Fred s'entêtait à souhaiter à Scrooge un joyeux Noël et une bonne année, la sonnette de Lindsay retentit. Elle vérifia l'horloge à balancier accrochée au mur du salon. Pendant l'été, quand il faisait encore clair dehors, elle n'aurait pas réfléchi plus que cela si quelqu'un s'était présenté à la porte à cette heure-là, mais maintenant que la nuit était bien tombée, elle hésita.

En fronçant les sourcils, elle s'approcha de la porte et essaya de jeter un coup d'œil par le judas. Personne. Elle avait décoré sa porte avec du papier cadeau la première semaine de décembre, lorsqu'elle avait encore l'espoir de réussir Noël cette année. À contrecœur, Lindsay ouvrit la porte d'une douzaine de centimètres, la main toujours agrippée à la poignée, et jeta un coup d'œil à l'extérieur.

C'était Fred.

Le même Fred qu'elle venait de voir à la télévision, tiré d'un film tourné plus de cinquante ans auparavant.

Lindsay se retourna pour vérifier l'écran de télévision, et c'est là que se tenait Fred, dans l'encadrement de la porte de la maison de comptage de Scrooge. Elle se retourna vers son visiteur, dans l'encadrement de sa propre porte, et cligna des yeux. C'était incroyable. Le même manteau long et fin. Le même chapeau haut de forme. Et le même beau visage, jusqu'au sourire et à la lueur dans ses yeux. Sauf que ce Fred était en couleur.

Il enleva son chapeau, révélant une chevelure sombre et ondulée qui n'atténuait en rien la ressemblance.

– Mademoiselle Lindsay Miller ? dit-il, et sa voix résonnait même d'un soupçon d'accent britannique.

Ce n'était pas le genre d'accent qu'on entendait tous les jours ici à Lakeside, dans le Colorado.

Les yeux *ne scintillaient pas* dans la vraie vie. Et ils ne pouvaient certainement pas danser. L'idée même était complètement ringarde. Du moins, c'est ce que Lindsay aurait pensé. Les yeux de cet homme semblaient faire les deux, et si Lindsay sentait son estomac se retourner, ce n'était pas à cause de la nausée. Mais qu'est-ce que c'était que cet accoutrement du XIXe siècle ? Il devait faire la pub de maison en maison pour l'un de ces services de ramonage. Quelqu'un devrait lui dire que les cheminées de cet immeuble étaient toutes des cheminées d'ornement au gaz naturel.

Pour une raison obscure, il connaissait son nom. Il s'agissait peut-être d'un télégramme chanté. Qui lui enverrait un télégramme chanté ?

Elle resserra sa prise sur la poignée de la porte.

– Oui ? Que puis-je faire pour vous ?

– Pour moi ? Rien du tout. J'ai été envoyé ici strictement pour votre bien.

C'était forcément un argument de vente, ou pire. Lindsay s'arc-bouta et lutta contre les yeux rieurs qui brillaient sous la lumière de son porche.

– Je suis désolée, dit-elle, et elle fit mine de fermer la porte. Je n'ai pas l'intention d'acheter quoi que ce soit ce soir…

Une canne noire et lisse dépassait, bloquant la porte dans son élan. Une canne ?

– Non, non, mademoiselle Miller, vous vous méprenez. Je suis venu parce qu'on m'a dit que l'esprit de Noël vous faisait défaut…

C'est ce qui fit la différence. Il était fou. Lindsay poussa plus fort sur la canne et claqua la porte. Mais la canne s'était coincée dans le chambranle de la porte et Lindsay se figea d'effroi ; puis, heureusement, la canne glissa à l'extérieur et Lindsay ferma la porte jusqu'au bout. Elle appuya son épaule contre le bois pendant qu'elle la verrouillait une première fois, puis actionna le verrou sur la poignée, et enfin résolut de se procurer une de ces chaînes de sécurité. Et de ne plus jamais ouvrir sa porte à la nuit tombée.

Elle se dirigea vers le téléphone de la cuisine, prête à appeler la police si l'homme étrange qui se trouvait à l'extérieur lui causait encore des ennuis.

Elle parcourut la moitié du chemin jusqu'à la cuisine avant de quasiment lui rentrer dedans. Il se tenait au milieu de son appartement, juste à l'endroit où le salon donnait sur la cuisine.

Ce n'était pas possible. Un cri tenta de se frayer un chemin hors de la gorge de Lindsay, mais le souffle resta bloqué dans sa trachée. Comment avait-il pu entrer ?

L'homme recula d'un pas et leva les mains devant lui, comme pour montrer qu'il ne lui voulait pas de mal. La canne pendait négligemment entre ses doigts. À mi-hauteur, elle était légèrement pliée, comme si quelqu'un avait claqué sa porte d'entrée dessus.

– S'il vous plaît, supplia-t-il, donnez-moi un instant. Nous sommes partis du mauvais pied.

Ses yeux sombres semblaient absolument sincères, mais cela n'atténua pas l'inquiétude de Lindsay. Il se tenait entre elle et le téléphone de la cuisine, son lien vital avec le monde sain d'esprit. Elle pourrait peut-être mettre la main sur une arme.

Lindsay jeta un regard furtif autour d'elle à la recherche d'un instrument contondant.

– Vous venez d'entrer chez moi par effraction.

– C'est absurde. Je n'ai rien *cassé*.

Il lui tendit la canne, toujours suspendue mollement au bout de ses doigts.

– Là. Prenez ça, si vous vous sentez mieux avec. Tout ce que je vous demande, c'est de m'écouter.

Elle saisit la canne et pensa à le frapper à la tête avec, mais le regard qu'il posait sur elle était si loin d'être menaçant qu'elle n'y parvint pas. Alors elle orienta la canne vers lui, renforçant ainsi la distance qui les séparait.

– Qui vous a donné mon nom ?

Elle fit quelques pas pour le contourner et se rapprocher du téléphone.

– C'est un peu difficile à expliquer. J'ai été envoyé par mes supérieurs.

Il manœuvra lui aussi, toujours à bonne distance, mais en se maintenant entre le téléphone et elle. Puis parla un peu plus vite.

– Mademoiselle Miller, puis-je vous appeler Lindsay ?

Elle ne répondit pas. Ils avaient presque atteint le comptoir où était posé le téléphone, et l'homme se tenait devant.

– Vous êtes en train de passer à côté de la période la plus merveilleuse que la vie puisse vous offrir. Et je suis là pour vous aider.

Elle changea de tactique, s'avançant timidement vers lui avec la canne tendue. Il recula. Quoi qu'il en soit, il ne semblait pas agressif – ou, du moins, pas physiquement violent. Mais il était tout aussi obstiné que le neveu de Scrooge.

Il poursuivit :

– Vous passez chaque Noël à vous dépêcher de tout faire, sans jamais vous arrêter pour en profiter. Vous savez qu'il y a plus que cela dans un Noël, et chaque année, vous essayez de le trouver. C'est pourquoi je suis là.

Avec l'aide de la canne, Lindsay avait atteint le comptoir carrelé de blanc. Elle tâtonna pour attraper le téléphone, sans jamais quitter des yeux l'inconnu en face d'elle.

Il changea de ton.

– Lindsay, tu as besoin de mon aide.

De la main, Lindsay, en fouillant, renversa le pot de stylos à côté du téléphone et elle continua à chercher le combiné à tâtons. Il se mit à compter sur ses longs doigts fins.

– Tu as passé la semaine dernière à préparer des tonnes de caramels pour les envoyer à tes tantes, tes oncles et tes cousins. Tu as passé le reste de cette même semaine à organiser le spectacle de la chorale des enfants au centre aéré – qui, soit dit en passant, était charmant d'après ce que j'ai compris. Tu te noies dans une affreuse pile de cartes de vœux destinées à des gens qui n'entendront jamais parler de toi le reste de l'année. Tu as un carton de lait de poule dans ton réfrigérateur qui expire dans deux jours, et tu ne l'as même pas ouvert.

Elle ne se souvenait pas de la date inscrite sur le lait de poule, mais elle savait qu'elle ne l'avait pas encore ouvert. Elle sentit des fourmis dans les jambes. Il était entré dans son appartement, avait fouillé dans ses affaires et l'observait. C'était la seule explication possible. Lindsay s'empara du téléphone.

– Et quand tu avais dix ans, tu as ouvert en avance ton plus gros cadeau de Noël pour y jeter un coup d'œil, mais tu ne l'as jamais refait par la suite parce que ça gâche la surprise.

Elle faillit laisser tomber le combiné. Personne ne le savait. Pas même ses parents.

Il ajouta :

– Un magnétophone, je crois.

Impossible. Il avait dû le découvrir d'une manière ou d'une autre.

Lindsay raffermit sa prise sur le combiné sans fil et l'alluma. Mais lorsqu'elle porta le téléphone à son oreille, elle n'entendit pas de tonalité. À la place, des violons jouaient doucement « I Heard the Bells on Christmas Day». Lindsay serra fort le téléphone, et la pièce se mit à tourner comme si elle la voyait à travers une vitre mouillée.

Elle leva les yeux vers son étrange visiteur. Il la regardait tranquillement, toujours à bonne distance, bien qu'elle ait oublié de brandir sa canne.

Lindsay éteignit le téléphone, puis le ralluma. Cette fois, elle entendit « It Came Upon a Midnight Clear».

En plus de tout le reste, apparemment, il connaissait ses deux chants de Noël préférés.

Elle lui jeta un regard engourdi.

– Comment avez-vous fait ?

La pièce tourbillonnante s'assombrit jusqu'au noir, et elle sentit à peine les bras qui la retinrent avant qu'elle ne touche le sol.

Lorsque Lindsay rouvrit les yeux, elle était à moitié étendue sur le canapé. Son étrange intrus était agenouillé devant elle et lui tenait les deux mains. Il frottait ses poignets l'un contre l'autre, les sourcils froncés vers le bas dans une concentration assidue.

Il leva les yeux et ses sourcils s'écartèrent.

– Te voilà. J'ai bien peur de t'avoir donné un peu de fil à retordre.

Son grand sourire montait jusqu'à ses yeux, et elle se rappela que soit il était fou, soit elle hallucinait.

– *Tu es peut-être un morceau de bœuf non digéré*, dit la voix de Scrooge au fantôme de Marley depuis le téléviseur à l'autre bout de la pièce. *Une bouchée de moutarde. Un fragment de pomme de terre mal cuite.*

Mais les mains qui tenaient les siennes lui paraissaient suffisamment solides et chaudes. Les yeux marron foncé qui l'étudiaient semblaient pleins d'inquiétude. Elle aurait dû avoir peur. Mais curieusement, alors qu'elle plongeait dans ces yeux, un calme étrange l'envahit. Elle se sentait confuse. Un peu étourdie. Mais elle n'avait pas peur.

Elle se força à détacher son regard de ses yeux pour étudier le reste de son visage. Les pommettes élégantes, la ligne de la bouche affirmée. Il ressemblait vraiment au neveu de Scrooge dans le film. Ce qui mettait en doute la santé mentale de ce type autant que la sienne. À moins qu'elle ne se réveille bientôt et ne découvre que tout cela n'était qu'un rêve, elle se dit qu'elle ferait mieux d'appeler un médecin et de passer un scanner ou ce genre d'examen.

Devant elle, la lumière rieuse des yeux de l'inconnu laissa place à un air plus sérieux.

– Ils devaient me présenter sous une forme qui te plairait. Est-ce qu'ils ont bien fait les choses ?

La remarque allait bien au-delà de la pêche aux compliments. Lindsay n'avait aucune idée de la réponse à donner. Elle demanda plutôt :

– Qui ça, « ils » ?

– Mes supérieurs. Au siège. Vois-tu, j'ai une mission à mener. Une mission très agréable, en réalité. Je dois te montrer comment profiter de Noël.

Elle tenta de se redresser, mais un nouveau vertige lui traversa la tête. Cette fois, elle refusa de s'évanouir.

– Tu sais, tu as l'air d'avoir besoin d'un peu de lait de poule en ce moment.

Il lui serra les mains et se redressa.

– Attendez.

Elle devait faire sortir cet homme de son appartement et retrouver sa santé mentale. Mais d'abord, elle voulait des réponses.

– Comment avez-vous su pour le lait de poule ? Et pour le magnétophone ?

– C'est mon travail de savoir.

Il reprit ses mains dans les siennes, sans les serrer. Il aurait été facile de s'éloigner si elle avait essayé. Mais la voix de l'inconnu était si sincère et apaisante, qu'un calme improbable l'envahit, ainsi que la conviction illogique qu'il ne pouvait pas lui vouloir du mal.

Qu'est-ce qu'il lui faisait ? Elle aurait dû le frapper avec sa canne pendant qu'elle en avait l'occasion.

– Tu vois, Lindsay, tu te donnes *tellement de mal* pour Noël que tu passes à côté de la joie. Et n'est-ce pas à cela que servent les cartes et les cadeaux ? Comment peux-tu *partager la joie* avec les gens qui t'entourent, si tu ne l'éprouves pas toi-même ? Tu travailles si dur que tu oublies d'offrir le cadeau le plus important de tous. Le tien. Et de mon point de vue, tu passes à côté de l'essentiel.

– À chaque homme on demande que l'esprit qui est en lui se promène parmi ses semblables, entonna le fantôme de Marley.

– Vous ne me connaissez pas, dit-elle.

– Je te connais mieux que tu ne le penses. Je sais ce que j'ai besoin de savoir pour le moment. Le reste, je peux l'apprendre au fur et à mesure. C'est plus amusant comme ça.

Il regarda le plateau télé rempli de cartes, à côté de lui, sur le sol du salon.

– Alors, que te reste-t-il à faire, à part toutes ces cartes ?

Ce drôle de calme ne la quittait pas. Elle répondit :

– Une nouvelle fournée de caramels.

– Tu plaisantes. Tu dois en avoir fait quinze kilos à l'heure qu'il est.

Il avait probablement raison.

– Il m'en faut plus pour mes collègues. Ensuite, il y a le reste des courses de Noël.

– Et le monde s'arrêterait-il de tourner si tu disais à tes amis « Joyeux Noël » au lieu de préparer une autre fournée de caramels ?

– Mais c'est ce que je fais chaque année.

Il secoua la tête.

– Tu vois, c'est ce genre de pensées que tu dois laisser tomber. Elles te privent de ton plaisir. Tu n'as pas à t'imposer de tout faire, chaque année, juste parce que tu l'as fait l'année d'avant.

Pourquoi l'écoutait-elle ? Lindsay retira ses mains, et il les lâcha sans résister. La pièce semblait soudain plus froide. Mais ce devait être son imagination.

Il se leva, épousseta ses genoux et dit d'un ton enjoué :

– C'est l'heure du lait de poule.

– Non, attendez.

Elle avait laissé les choses aller trop loin. Lindsay se redressa et le suivit, les jambes flageolantes, jusqu'à la cuisine.

– Vous devez partir.

– Oh, je partirai.

Il ouvrit une armoire. Il savait exactement où elle rangeait ses tasses à motifs de houx, celles qu'elle n'avait pas utilisées depuis qu'elle les avait sorties de leur boîte.

– Laisse-moi juste te servir une tasse pour t'encourager avant de partir. C'est ce dont tu as besoin.

– Je ne veux pas de…

– Oh, je ne parle pas de cette bouteille de cognac poussiéreuse au fond de ton garde-manger. Ce n'est *pas* ce dont tu as besoin.

Il ouvrit son réfrigérateur, où il trouva immédiatement la brique de lait de poule dans la porte.

– Tu as besoin…

– Que vous partiez.

C'était un peu brutal. Au mieux contrariant. Il ne semblait peut-être pas menaçant, mais en se tenant à côté de lui, elle se rendit compte qu'il mesurait au moins un mètre quatre-vingt-cinq, alors qu'elle ne mesurait qu'un mètre soixante. Il était mince, mais large d'épaules et solidement bâti, et ce n'était pas le genre de personne à laquelle elle voulait se frotter s'il se retournait soudainement contre elle et faisait une crise.

– Je veux dire, nuança-t-elle en faisant marche arrière, que c'est gentil de votre part, mais…

– Ne t'inquiète pas.

Il ouvrit le lait de poule et le versa dans la tasse.

– Je ne suis pas un psychopathe. Il n'y en a pas, là d'où je viens.

Une image lui revint, celle du neveu de Scrooge dans une rue enneigée de Londres.

– Et où est-ce ?

Il haussa les épaules.

– Au siège social. Tu ne le trouverais sur aucune carte.

Joue le jeu jusqu'à ce qu'il parte.

– Donc vous dites que vous êtes, quoi ? Un ange ?

– Oh, non. C'est beaucoup trop noble pour moi. Je ne suis qu'un simple messager.

Il inclina la tête vers le téléviseur de la pièce voisine.

– Ton propre esprit de Noël, si tu veux.

Il ouvrit son armoire à épices sans se tromper, saupoudra le lait de poule de noix de muscade et lui tendit la tasse.

– Après tout, je pense que c'est dans le présent que tu as le plus besoin d'aide, n'est-ce pas ?

Elle accepta la tasse avec des doigts tremblants.

– Je ne sais pas.

– Commençons par cette théorie. Je pense que le présent est un bon point de départ. J'y passe moi-même tout mon temps.

Il l'observa avec impatience, puis fit un signe de tête encourageant en direction de la tasse qu'elle tenait à la main. Lindsay prit une gorgée pour lui faire plaisir. Elle l'observa par-dessus la tasse et lui demanda de partir.

– Voilà, c'est un début.

Il retourna dans le salon. Lindsay le suivit, sa tasse à la main, espérant le voir passer la porte sans encombre. À sa grande consternation, il s'arrêta au milieu de la pièce.

– Maintenant, tu devrais vraiment installer plus de décorations ici, tu ne penses pas ? En commençant par un vrai sapin.

– J'ai déjà un sapin.

Elle fit un signe de tête en direction de l'arbre en fibre optique d'un mètre qu'elle avait acheté cette année pour simplifier les choses. Quelque chose de facile à installer et à ranger, au lieu d'acheter un nouvel arbre qu'elle jetterait quelques semaines après, sans parler d'avoir à fouiller dans le fond du placard de l'entrée où toutes ses boîtes de guirlandes lumineuses et de décorations de Noël étaient enterrées. Le petit arbre s'affichait sur la table d'appoint entre son canapé et son love seat, les pointes luisantes de ses aiguilles se confondant à l'infini, passant du rouge au bleu, au vert et à l'orange.

Il se renfrogna.

– *Ce n'est pas* un arbre. Ce n'est un arbre que si tu n'es pas physiquement capable d'en installer un vrai. Ou si, pour une raison étrange, il te dit « Joyeux Noël ». Est-ce que ce sapin te dit « Joyeux Noël » ?

– Bien sûr, mentit Lindsay.

– Menteuse, dit-il gentiment, et il se dirigea vers la porte.

Lindsay essaya de dissimuler son soupir de soulagement. Il ramassa son chapeau et sa canne courbée à l'arrière du canapé, près de la porte d'entrée. Avec le grand chapeau noir posé sur sa tête, il était à nouveau l'image complète de Fred, le neveu de Scrooge. Une image si séduisante qu'elle regretta presque de le voir partir.

Presque.

La main sur la poignée de la porte, il se tourna à nouveau vers elle.

– Alors, quels sont tes projets pour demain soir ?

Lindsay retint sa respiration.

– Rien. Je veux dire, vous m'avez suffisamment aidée.

Elle souleva faiblement la tasse de lait de poule presque pleine.

– C'est génial.

– Ne sois pas bête. Nous venons à peine de commencer. Alors, tu es libre demain ?

– Non. J'ai…

Lindsay s'interrompit. Quelque chose lui disait que ce serait une terrible erreur de lui parler de la fête de Noël de son entreprise.

– Je dois travailler tard.

Il fronça les sourcils. Qu'il soit fou ou qu'il s'agisse d'une véritable apparition divine, même son froncement de sourcils était beau.

– Travailler tard, si près de Noël ? Ils devraient avoir honte. Bon, alors on se voit bientôt.

Lindsay eut un hoquet.

– Vous ne voulez pas dire sur le coup de minuit ou quelque chose comme ça, n'est-ce pas ?

– Bien sûr que non. Ce serait vraiment impoli.

Il jeta un coup d'œil au téléviseur, puis lui fit un clin d'œil.

– Il ne faut pas croire tout ce que l'on voit dans les films, tu sais.

Il ouvrit sa porte et la franchit comme n'importe quel être humain normal. Lindsay aperçut brièvement la grande silhouette sombre qui se découpait sur la lumière de son porche avant que la porte ne se referme derrière lui. Elle verrouilla la porte. Éteignit la lumière du porche. Et s'appuya dos à la porte pendant un moment, la tasse de lait de poule encore à la main.

Finalement, elle fit quelques pas en titubant jusqu'au canapé et s'affala sur les coussins, avant de poser la tasse sur la table basse à côté du faux sapin de Noël de mauvais goût. Fugitivement, elle souhaita que sa tasse contienne un liquide vraiment plus fort. Elle fixa l'écran noir et blanc avec des yeux vitreux. Il lui fallut un certain temps avant que les images ne reprennent leur sens.

Lorsque la brume se dissipa, Fred recevait ses invités de Noël, imitant Scrooge avec cette inextinguible lumière bon enfant dans les yeux. Il entraînait ses visiteurs dans un chœur de rires.

– *Bah,* humbug *!*

Lindsay saisit sa tasse et but une nouvelle gorgée du lait de poule qu'elle n'avait pas pris le temps de goûter avant ce soir. Elle ne pouvait pas expliquer ce qui venait de se passer. Mais la vieille saveur familière de la boisson sucrée l'apaisa et lui redonna indéniablement un petit goût de Noël.

Chapitre 2

Quel est l'intérêt de se mêler aux autres ? se demandait Lindsay. Elle se tenait dans le salon de ses patrons, et faisait la conversation à Nikki et Frank, deux de ses collègues. Lors d'une réunion comme celle-ci, elle ne savait jamais quoi dire, comme si quelqu'un la tenait à la gorge. Elle voyait ces gens tous les jours. Pourquoi était-ce si difficile de trouver quelque chose à dire maintenant ? Peut-être parce qu'ils s'étaient tous transformés au cours de l'heure et demie qui venait de s'écouler, ils avaient abandonné les vêtements décontractés qu'ils portaient au bureau pour de vrais costumes, des cravates et des robes plus habillées. Lindsay n'avait jamais porté cette robe satinée couleur champagne avant ce soir ; c'était peut-être une autre des raisons pour lesquelles elle ne se sentait pas tout à fait elle-même.

Le groupe s'éparpilla et elle se retourna, cherchant quelqu'un d'autre à qui parler. En ce moment même, la vingtaine d'employés de Newmeyer and Associates était regroupée dans le grand salon de Phil et Evelyn Newmeyer, où se déroulaient les trois fêtes de l'entreprise.

Les fêtes de fin d'année se succédaient depuis que Lindsay travaillait pour la petite entreprise du couple. Le terme « salon » était mal choisi. C'était clairement une pièce de réception, avec une longue table chargée de plats et un grand espace vide au milieu pour se tenir debout et bavarder. Elle se demandait à quoi cela ressemblait le reste de l'année. Elle n'avait jamais vu la pièce sans ces grandes guirlandes de pin qui couraient sur les quatre murs.

Plutôt que de se frayer un chemin jusqu'à un autre groupe, elle décida de prendre une pause et de goûter à la table des hors-d'œuvre. Phil et Evelyn proposaient toujours un assortiment alléchant d'amuse-gueules et de desserts, et il devrait y avoir là matière à conversation. *N'est-ce pas un excellent brie ?* Elle avait fait un pas vers la longue table à l'autre bout de la pièce lorsqu'elle entendit une voix d'homme profonde, à la texture veloutée, à ses côtés :

– Ah, te voilà.

Lindsay sentit le sang quitter ses veines au son du charmant accent britannique. Ce matin, elle s'était presque convaincue que la nuit précédente n'était qu'un rêve. Et maintenant, il était là.

Elle reprit son souffle et se retourna lentement pour faire face au visiteur de Noël de la veille.

S'il était content de l'avoir surprise à la fête de son entreprise, plutôt qu'en train de trimer à son bureau comme elle l'avait laissé entendre, son sourire le laissait à peine deviner.

– Comment êtes-vous entré ? demanda-t-elle.

Ses yeux brillaient d'une joie exaspérante.

– Comment, par la porte d'entrée, comme tout le monde.

Lindsay jeta un coup d'œil furtif autour d'elle. Phil ou Evelyn l'avaient-ils vraiment laissé entrer, ou s'était-il simplement matérialisé, comme il l'avait fait dans son appartement la nuit dernière ? Probablement pas, puisque tout le monde se tenait dans les mêmes groupes qu'auparavant, sans que des yeux ahuris les fixent. Une pensée affreuse lui vint à l'esprit. Et s'il était *vraiment* le fruit de son imagination ? Si ça se trouvait, elle se tenait là, à parler à un espace vide devant tout le monde. Elle pourrait bien finir par passer Noël dans un asile de fous.

– Est-ce qu'ils peuvent vous voir ? chuchota-t-elle.

– Bien sûr. Je te l'ai dit, tu regardes trop de films.

Lindsay se dandina d'un talon haut à l'autre. Comment le faire sortir d'ici ? Dieu seul savait ce qu'il pourrait dire à ses collègues.

– Vous n'êtes pas censé être ici, siffla-t-elle.

– Quoi ? Je ne suis pas présentable ? J'ai supprimé le chapeau pour ce soir. Cela ne semblait pas être ce que les gens portent de nos jours.

Les vêtements d'époque. Elle n'y avait pas pensé. Lindsay lui jeta un coup d'œil rapide. La mode masculine ne changeait pas autant que la mode pour les femmes, et sans le long pardessus, son simple costume noir et son gilet ne semblaient pas trop déplacés. En fait, ils mettaient bien en valeur ses épaules larges et sa taille fine, mais ce n'était pas le problème en l'occurrence. En revanche, la chemise blanche à jabot et le nœud papillon surdimensionné…

– La chemise et la cravate sont un peu trop…

Elle s'interrompit.

– Cela n'a pas d'importance. Vous devez partir.

– Partir ? Mais je viens juste d'arriver.

Son calme était exaspérant.

– Au fait, tu es magnifique.

Lindsay ignora le rouge qui lui montait aux joues et jeta des regards inquiets autour d'elle comme si les murs ou les meubles détenaient la réponse, un moyen rapide et silencieux de se sortir de cette situation.

– Tu pourrais dire à tout le monde que je suis un imposteur et faire une scène, suggéra-t-il. Mais ce ne serait pas très amusant. Pourquoi ne pas me donner une chance ? Je te promets d'être un parfait gentleman.

– Lindsay ! lança une voix féminine lumineuse et joyeuse derrière elle qui scella son destin. Je ne savais pas que tu viendrais accompagnée. Qui est-ce ?

Ah, les gens pouvaient le voir, d'accord. Lindsay se retourna pour découvrir son amie Jeanne, vêtue d'une petite robe noire classique. Lindsay ressentit une brève lueur d'espoir. Si elle pouvait attirer l'attention de la jeune femme, lui faire comprendre que quelque chose clochait…

Cela ne servirait à rien. Les yeux de la jolie blonde étaient rivés sur Fred. D'après l'expression élogieuse de son visage, elle le trouvait tout aussi séduisant que Lindsay, lorsqu'il était à sa place, sur le petit écran de son salon.

Jouer la normalité semblait être la seule chose à faire.

– Jeanne, voici…

Lindsay eut un blanc ; elle n'avait aucune idée du nom à lui donner. Elle annonça le seul prénom qui lui vint à l'esprit :

– Fred.

Jetant un coup d'œil à son escorte non invitée, elle fut satisfaite de voir ses sourcils se froncer.

– Fred…

Son esprit s'embrouilla.

– Holliday.

– Enchanté, dit-il tout froncement de sourcils disparu.

Prenant la main de Jeanne, il inclina légèrement la tête vers Lindsay, comme s'il l'incitait à faire quelque chose. L'inciter à faire quoi ?

Oh.

– Fred, voici Jeanne Weber.

Au moins, cela lui permit de lâcher la main de Jeanne. Celle-ci était radieuse, et quelle qu'en soit la raison, cela irritait Lindsay. Pourquoi ? Jeanne était gentille, son amie la plus proche au bureau. Le fait qu'elle puisse choisir n'importe quel homme dans la pièce n'était pas sa faute.

– Comment vous êtes-vous rencontrés ? demanda Jeanne.

Elle n'avait pas l'air déconcertée par le style vestimentaire de Fred, réalisa Lindsay. Puis elle remarqua qu'il portait maintenant une chemise blanche contemporaine beaucoup plus sobre, avec un nœud papillon noir simple et fin. *Quand cela s'était-il produit ?*

– Je suis de passage ici, dit Fred à Jeanne. Un ami m'a dit que je devais contacter Lindsay. Je suis ravi de l'avoir fait.

Il lui adressa un sourire et Lindsay ressentit de nouveau ses joues rougir de façon absurde. Les paroles de l'inconnu semblaient s'adresser à elle seule, comme s'ils partageaient un joli secret.

– Elle me montre sa façon de fêter Noël. J'espère que je ne vous ennuie pas.

– Oh, pas du tout, dit Jeanne et son sourire s'élargit. Je pourrais écouter votre accent toute la nuit. De quelle région d'Angleterre êtes-vous originaire ?

– De Camden.

Il glissa doucement une main sous le coude de Lindsay, qui réussit à ne pas sursauter.

– Vous savez, ma chère, j'accompagnais Lindsay pour aller chercher du punch. On se retrouve plus tard ?

Sur un signe de tête amiratif de Jeanne, il conduisit Lindsay vers la table des rafraîchissements.

– Quel genre de nom est « Fred » ? lui murmura-t-il du coin de la bouche.

– Vous ne m'avez pas aidée. C'est la première chose qui m'est venue à l'esprit.

– Mais « Fred » ?

Il versa du punch à la louche dans sa tasse, en lui souriant en douce.

– C'est le neveu de Scrooge.

– Bien sûr. J'aurais dû le deviner, dit-il en haussant les épaules.

– En tout cas, j'aime bien la partie « vacances », ajouta-t-il en lui tendant une coupe de punch en cristal.

Alors maintenant, il avait un nom. Chaque mouvement qu'elle faisait semblait entraîner Lindsay plus profondément dans les sables mouvants. Elle sentait la migraine arriver.

Un mal de tête. Cela pourrait s'avérer utile. Un raccourci pour sortir de là, avant que Fred ne puisse faire quoi que ce soit d'étrange.

– Tu sais, dit-elle, nous devrions…

– Lindsay.

Son nom retentit comme si on lui avait passé des menottes aux poignets. Cette fois, c'était son patron, Phil, qui l'appelait. Pas de possibilité de sortie rapide ou facile ici.

– Qui est ton ami ?

Derrière ses lunettes à double foyer, Phil regardait Fred avec la même curiosité. Lindsay ouvrit la bouche, mais Fred lui tendait déjà la main avec un sourire chaleureux.

– Fred, répondit-il. Fred Holliday.

– Enchanté de vous rencontrer, Fred. D'où venez-vous ?

Un sentiment d'inéluctabilité s'installa dans l'estomac de Lindsay. Tandis que Fred s'entretenait joyeusement avec son patron, elle sentait ses chances de s'échapper s'amenuiser. Elle essaya d'intervenir, mais Phil était déjà en train de proposer :

– Laissez-moi vous montrer ma salle de jeux.

Voilà qui était fait. Phil divisait le monde en deux groupes de personnes : celles qu'il avait déjà soumises à l'admiration de sa collection de vaisseaux en bouteilles, et celles qui ne l'avaient encore jamais vue. Toutes les autres personnes présentes dans la pièce avaient déjà eu droit à la visite, mais Fred était une proie facile. Une nouvelle victime. Avant qu'elle ne puisse réagir, Phil entraînait Fred hors de la pièce et Evelyn – la femme de Phil, l'autre patronne de Lindsay – la saluait.

– Qui est ton ami ?

Lindsay ne se souvenait pas d'avoir été l'objet d'autant d'attention en si peu de temps. C'était peut-être dû au fait qu'elle n'avait jamais amené de cavalier à la fête de l'entreprise, mais elle savait que Fred aurait suscité beaucoup de curiosité de toute façon.

Alors qu'elle bredouillait une réponse, Lindsay jeta un dernier coup d'œil désespéré à Fred par-dessus l'épaule vêtue de soie d'Evelyn, et celui-ci se détourna de Phil suffisamment longtemps pour lui adresser un clin d'œil solennel.

La nouvelle se répandit vite et Lindsay découvrit que le fait d'avoir un bel étranger britannique comme cavalier lui permettait d'avoir un sujet de conversation instantané. Elle n'arrivait même pas à manger un morceau de brie. Chaque fois qu'elle essayait, quelqu'un d'autre l'interpellait pour lui poser des questions. Essayer d'improviser les réponses ne l'aidait pas à soulager son mal de tête. Sa coupe de punch, un mélange capiteux de jus d'ananas et de 7 Up, non plus. Il ne contenait pas d'alcool, mais il compensait par sa double dose mortelle de sucre.

Lorsque Phil ramena Fred de la tournée, Lindsay essaya de l'approcher. Mais non. Matt le comptable lui barrait la route, et par-dessus son épaule, elle put voir Fred capturé par Jeanne.

Fred croisa son regard, haussa les épaules et se retourna pour écouter ce que Jeanne lui racontait. Lindsay sentit son sang battre dans ses tempes et se rappela qu'elle avait toujours aimé Jeanne. Le but était de faire sortir Fred de là avant qu'il ne dise ou ne fasse quelque chose de scandaleux.

Un instant plus tard, il se dirigea de nouveau vers elle, mais cette fois, Evelyn l'accosta.

Cela dura environ vingt minutes. Lindsay n'aurait jamais imaginé qu'une grande pièce avec une vingtaine de personnes à l'intérieur puisse sembler aussi bondée. Chaque fois qu'elle essayait de le rattraper, ou que Fred s'approchait d'elle, il semblait toujours y avoir un entrelacs de personnes entre eux. À ce rythme, il connaîtrait tous les employés du bureau aussi bien qu'elle avant la fin de la soirée. D'après les commentaires des uns et des autres, il n'avait rien dit de trop bizarre.

Et puis il apparut à ses côtés et lui tendit une assiette chargée de fromage, de crackers, de quelques fraises et de gaufrettes au chocolat terriblement tentantes. D'une manière ou d'une autre, *lui* avait réussi à se rendre au buffet. Ou peut-être qu'une des dames avait proposé de lui apporter quelque chose.

– Essaie le chocolat, lui proposa-t-il.

Lindsay évita le chocolat trop tentant et se tourna vers le fromage et les craquelins, quelque chose pour soulager sa migraine. Maintenant, si elle pouvait juste le garder dans son champ de vision assez longtemps pour l'escorter tranquillement hors d'ici.

– Fred, nous avons…

– Je vois que je suis affublé durablement de ce nom.

– J'ai pensé à des noms bien pires.

– Je n'en crois rien. Dis, tu vas bien ?

Elle sentit ses yeux sur elle et les regarda avant de réfléchir. Il l'enveloppa dans un regard chaud et sombre, empli de la même inquiétude que celle qu'il avait manifestée après son évanouissement.

– Tu as l'air fatiguée.

– Merci beaucoup.

– Désolé. Charmante, mais fatiguée. Je pense que tu devrais t'asseoir.

Saisissant à nouveau son coude de la main, il la guida vers l'autre côté de la pièce. Lindsay commença par protester, puis se ravisa. Le laisser penser qu'elle était une sorte de fleur fragile de l'époque victorienne. Ce mal de tête était son excuse pour partir.

Elle s'assit sur l'une des chaises peu utilisées, alignées contre le mur. Il se pencha sur elle et passa légèrement le bout de ses doigts sur un point situé juste au-dessus de sa tempe. Depuis l'autre côté de la pièce, cela ressemblait probablement à un geste romantique. De là où Lindsay était assise, c'était plus que cela ; son mal de tête faiblit.

Non. Il était carrément parti. Lindsay secoua fortement la tête pour essayer de le faire revenir.

Elle cligna des yeux, se demandant s'il savait ce qu'il venait de faire.

– Ça va mieux ?

Il le savait donc. Elle s'en tint à son objectif initial.

– Nous devons partir.

À sa grande surprise, il ne discuta pas.

– Je suis d'accord. Je n'aime pas ta pâleur.

Il lui fit lever le menton pour qu'elle le regarde.

– Mais j'aimerais que tu acceptes le fait que je suis là pour t'aider. Qu'est-ce que tu croyais que j'allais faire, commencer à faire cliqueter des chaînes et à délirer sur les esprits des Noëls passés et présent ?

Peut-être que la surcharge de la période l'épuisait. Ou peut-être qu'il n'était pas fou, pour de vrai. Peut-être qu'avec ses entrées inexplicables et ses changements de costumes, il était exactement ce qu'il prétendait être. Si ce n'était pas le cas, il devait faire partie de la famille Houdini et savoir lire dans les pensées.

Un sourire effleura ses lèvres.

– Tu sais, plus vite tu me laisseras t'aider, plus vite nous pourrons progresser.

– Et le plus tôt tu seras parti ?

Elle n'avait jamais envisagé les choses de cette façon auparavant.

– Oh, tu m'as coupé l'herbe sous le pied. Je ne te connais que depuis peu, et tu me manqueras terriblement quand je serai parti.

Il souriait toujours, mais pour une fois, il avait l'air sérieux.

Une idée dangereuse commença à fleurir dans l'esprit de Lindsay et elle se surprit à jouer avec. Il n'avait montré aucun signe qu'il avait l'intention de lui faire du mal. Serait-il prudent d'accepter sa présence, juste pour un petit moment ? Elle avait l'impression qu'elle ne pourrait pas le faire changer d'avis autrement.

Ça ne pouvait pas faire de mal de le faire rire ici, de toute façon, dans une pièce remplie de témoins.

– D'accord. Qu'est-ce que je dois faire ?

– C'est un travail éreintant et fastidieux, vraiment. Commence à t'amuser. Tiens, prends-en une.

Il saisit l'une des gaufrettes au chocolat, un véritable péché gourmand, et la lui offrit. Il lui resterait la partie la moins diététique de l'assiette.

Au moins, il avait gardé du chocolat pour elle.

Silencieuse, Lindsay tendit la main et la prit, pensive. Quand elle mordit dedans, la gaufre était aussi moelleuse et décadente qu'elle en avait l'air.

C'est à ce moment-là qu'elle aurait dû s'enfuir en criant.

Elle l'entraîna hors de la maison de Phil et Evelyn, parmi des adieux amicaux plus nombreux que d'habitude. Ils marchaient maintenant dans la rue sombre en direction de sa voiture, qu'elle avait garée plusieurs pâtés de maisons plus loin à cause de tous les invités arrivés avant elle. Fred avait passé sa main sous son bras, à sa manière très courtoise, et ne montrait toujours aucun signe de menace. Crier semblait idiot.

Elle jeta un regard à Fred, qui ne portait rien de plus chaud que sa simple veste de costume.

– Tu n'as pas ton manteau ?

– Je me suis dit que je resterais à l'intérieur une bonne partie de la soirée. Ne t'inquiète pas. Une marche rapide par une nuit fraîche me fait toujours du bien.

Il faisait plus que froid. L'air froid avait l'âpreté et le parfum gris et indéfinissable de la neige qui approchait. Mais avec sa main glissée dans le creux du bras de Fred, Lindsay se sentait plus à l'aise. Elle remarqua la différence lorsqu'ils atteignirent sa voiture et qu'elle le lâcha pour déverrouiller la portière. Instantanément, le vent lui parut plus vif, plus froid, plus dur, et elle s'empressa de tourner la clé avec des doigts engourdis.

Mais pas assez vite pour empêcher Fred de lui ouvrir la portière.

Lindsay se glissa rapidement à l'intérieur, espérant échapper à Fred et au vent en même temps. À l'intérieur de sa voiture, il ne faisait pas beaucoup plus chaud qu'à l'extérieur ; elle serra sa veste autour d'elle en tendant la main pour fermer la portière. Que Fred tenait toujours. Il la laissa entrouverte, pour empêcher le vent froid de passer, pendant qu'il se penchait pour parler une fois de plus.

– Bonne nuit, Lindsay. Conduis prudemment.

Et il claqua la portière pour elle. Bon, cela avait été assez facile.

Il se redressa avec un petit signe de la main et recula jusqu'au trottoir, laissant à Lindsay la place de sortir de sa place de parking.

Elle démarra, mais au moment où sa voiture s'éloignait du trottoir, elle le vit dans son rétroviseur latéral, les mains profondément enfoncées dans ses poches, les bras collés au corps et la tête légèrement penchée contre le froid pendant qu'il marchait. Il ne se retourna pas.

Elle savait qu'il faisait froid dehors. Elle grelottait même enveloppée dans son manteau. Lindsay aurait mis sa main à couper qu'il neigerait dès le matin.

Elle arrêta la voiture, laissant le moteur tourner. *Tu vas le regretter*, se dit-elle.

Lindsay appuya sur le bouton pour baisser la vitre du passager, laissant entrer une rafale de vent mordant.

– Fred ?

Il releva la tête et fit un pas vers sa fenêtre.

– Où est ta voiture ?

– Oh, je ne conduis pas.

Bien sûr que non.

– Ah.

Elle devrait partir maintenant. Mais il faisait si froid.

– Je peux te déposer quelque part ?

Elle n'arrivait pas à croire qu'elle disait cela.

– Tu pourrais me déposer près de l'hôtel *Broadway*, lui sourit-il par l'ouverture de sa fenêtre. Si ça ne pose pas de problème, en tout cas.

Elle évitait généralement le boulevard Lakeside parce qu'il se trouvait dans une partie très fréquentée de la ville, mais en réalité, c'était le chemin le plus court pour rentrer chez elle. Et à cette heure de la nuit, la circulation serait fluide.

Elle aurait dû s'éloigner, à toute allure. Mais elle ne pouvait pas le laisser là.

Lindsay ouvrit la portière, répétant mentalement tous les mouvements d'autodéfense dont elle se souvenait dans les vidéos sur la sécurité des femmes qu'elle avait visionnées au lycée. Mais à présent, elle était presque sûre qu'elle n'en aurait pas besoin. Après tout, c'était Fred, et si l'un d'entre eux était fou, c'était probablement elle.

C'était une sensation étrange que d'être calé dans le petit véhicule métallique de Lindsay. Ses jambes étaient repliées et collées à la boîte à gants. Pourtant, il ne pouvait pas se plaindre. Elle l'avait laissé entrer dans sa voiture, et c'était un progrès.

Lindsay actionna un petit interrupteur sur la console qui se trouvait entre eux.

– Le chauffage prend quelques minutes à se lancer. Désolée.

– Ce n'est pas un problème.

Elle n'avait aucun moyen de savoir si c'était vrai. Le froid était quelque chose qu'il ressentait de l'extérieur, quelque chose qui rendait l'air vivifiant et revigorant, mais qui ne le pénétrait pas. Il n'avait aucune idée de ce que l'on pouvait ressentir *en ayant froid*. Cependant, il n'avait pas hésité à utiliser la perception du froid de Lindsay à son avantage pour se faire inviter dans sa voiture.

Lindsay n'allait pas lui rendre la tâche facile, c'était clair. Mais la mission serait agréable.

Et être assis à côté d'elle pendant qu'elle conduisait était une excellente occasion de l'étudier. Les lampadaires défilaient au fur et à mesure qu'ils passaient, jouant sur ses cheveux – une nuance très claire de brun, rien de simple comme l'aurait été le blond. Il avait remarqué la façon dont ils accrochaient la lumière lors de la fête de ce soir ; même dans cette pénombre, les reflets créaient des effets fascinants. Ses traits délicats étaient contemplatifs, les jointures de ses mains juste un peu tendues autour du volant. Rien d'étonnant. Elle accompagnait quelqu'un dont elle craignait qu'il ne soit un maniaque il n'y avait pas si longtemps. Pourtant elle avait eu la gentillesse de lui proposer de l'accompagner.

Ce n'était pas du tout une personne froide. En fait, malgré toutes ses tentatives d'être incisive, elle semblait très vulnérable. Qu'est-ce qui l'empêchait de s'ouvrir ?

Elle lui jeta un regard de travers.

– Tu peux ajuster le siège, tu sais.

Il fronça les sourcils.

– Qu'est-ce que tu veux dire ?

– Je veux dire que tu n'es pas obligé de rouler avec les genoux qui remontent jusqu'au menton.

Elle lui jeta un autre regard et cette fois, elle sourit. Un progrès certain.

– Il y a un levier, sous le siège, à ta droite.

Il tâtonna sous le siège jusqu'à ce qu'il le trouve. Après quelques hésitations, le siège glissa vers l'arrière. Pas assez pour lui permettre d'étendre complètement ses jambes, mais c'était mieux.

– C'était une belle fête, commenta-t-il.

– Les gens sont sympas.

– Merci, dit-il.

Elle eut un nouveau sourire en coin, mais se retint de lui rappeler qu'il n'avait pas été invité.

– Qu'est-ce que tu fais dans cette boîte ? Phil m'en a parlé, mais je crains d'avoir manqué l'essentiel.

– Je m'occupe des relations entreprises-investisseurs. C'est comme les relations publiques, mais en plus ennuyeux.

Un autre sourire en coin. Il réchauffait l'ambiance comme aucun chauffage de voiture ne pourrait jamais le faire. Fred pensa qu'il pourrait se prélasser dans un de ces sourires pendant très longtemps.

Parce que cela signifiait qu'il progressait sur son dossier, bien sûr.

– Alors, dit Lindsay en tripotant le volant, qu'as-tu pensé de la collection de bateaux en bouteille de Phil ?

– J'ai trouvé ça très intéressant, en fait. Même s'il m'a dit qu'il n'en avait pas construit de nouveau depuis plus de dix ans. C'est dommage.

– C'est pour ça qu'il est toujours si heureux de rencontrer quelqu'un qui ne les a pas encore vus.

– Tu l'aimes bien, n'est-ce pas ?

Elle acquiesça. Elle n'y avait jamais réfléchi auparavant, mais tous les couples de patrons ne reçoivent pas forcément dans leur maison pour Noël. Phil et Evelyn pouvaient être presque des parents ; ils étaient prompts à remarquer que quelqu'un ne dormait pas assez ou qu'il venait de subir une rupture. Cela pouvait parfois être un peu oppressant, mais ils voulaient bien faire.

– Il t'aime beaucoup, dit Fred. Tous t'aiment beaucoup.

Ils aiment quoi ? se demanda-t-elle. Elle s'était sentie si mal à l'aise ce soir. Entourée de tous ces visages familiers, à l'extérieur du bureau, elle n'avait su quoi dire à aucun d'entre eux.

– Jeanne est gentille aussi, poursuivit-il.

Les mains de Lindsay se crispèrent sur le volant. Cette fois-ci, elle ne pouvait pas nier l'irrationnel sentiment de jalousie – alors qu'elle devrait être en train d'avertir Jeanne de ne pas ouvrir sa porte d'entrée. Ou de déposer Fred directement à Bellevue, chemises magiques ou non. Et de réserver une chambre là-bas pour elle-même pendant qu'elle y est. Dans l'aile opposée, aussi loin que possible de l'homme.

– Méfie-toi cependant de Matthew. Ses intentions ne sont pas honorables.

– Quoi ? s'exclama-t-elle en tournant la tête vers lui. Matt, le comptable ? C'est lui qui a dit ça ?

– Il n'avait pas besoin de le faire. C'est écrit sur son visage, chaque fois qu'il te regarde. Tu n'as jamais remarqué ?

– Non.

Il lui faudrait un certain temps pour ne plus être ébranlée par cette histoire. Toute sa conversation avec Matt avait consisté en une description détaillée du nouveau système de son de sa voiture, avec ses six ou sept canaux. Elle aurait infiniment préféré la collection de bateaux en bouteille de Phil.

– Tu sais, dit Fred, nous venons de passer une soirée dans une salle remplie de gens qui t'apprécient beaucoup. Mais ils n'ont pas l'impression de bien te connaître. Comment cela se fait-il ?

– Ne t'inquiète pas.

Lindsay serra à nouveau le volant, puis força ses doigts à se détendre. Elle jeta un coup d'œil à Fred du coin de l'œil.

– Parle-moi un peu de Matt.

– Lindsay !

Pendant une seconde, il eut l'air d'un personnage de l'époque victorienne digne de ce nom. Puis il vit son sourire et il rit.

Ils éclatèrent de rire tous les deux. Ensemble. C'était un dangereux précédent.

– Je savais que tu avais le sens de l'humour, dit-il.

Lorsqu'ils reprirent leur sérieux, le silence s'installa dans la voiture. Lindsay fixa ses yeux sur la route devant elle, bien consciente que Fred l'observait.

– Tu ne vois personne, n'est-ce pas ? dit-il, presque pensif.

Cela ressemblait plus à une affirmation qu'à une question. Et peut-être un peu trop décontractée. Lindsay garda ses mains détendues sur le volant et essaya d'adopter le même ton désinvolte que lui.

– Personne en particulier. Pourquoi ?

– Cela ne me semble tout simplement pas correct, je suppose. Quelqu'un d'aussi charmant que toi, sans attache.

De la part de n'importe qui d'autre, cela aurait ressemblé de façon flagrante à une phrase pour la draguer. Mais Fred n'avait pas l'air prétentieux, ni dragueur. En fait, il avait l'air vraiment perplexe.

Lindsay haussa les épaules, feignant toujours une attitude décontractée.

– Ce n'est pas comme si je ne sortais jamais. C'est juste qu'il n'y a personne de sérieux en ce moment.

– Bizarre. Tu as l'air d'être du genre sérieux.

– Et tu commences à être du genre curieux.

Elle sourit à nouveau pour rendre sa réponse plus légère.

Cela eut l'effet escompté. Fred lui sourit en retour et laissa tomber le sujet.

Ils arrivèrent à l'hôtel. *Juste à temps*, se dit Lindsay. Elle commençait à l'apprécier. Pire, si elle était honnête avec elle-même, elle l'aimait bien depuis un bon moment.

L'hôtel *Broadway* se trouvait sur le boulevard Lakeside, l'une des rues principales de la ville, maintenant entièrement parée pour les fêtes. Les lumières de Noël s'étendaient d'un côté à l'autre de la rue, leur rouge et leur vert scintillaient comme le glaçage d'un biscuit de Noël. Elle comprenait pourquoi Fred avait été attiré par cet endroit. Elle s'arrêta devant l'hôtel et attendit qu'il descende.

Reconnaissant, il tendit la main vers la poignée de la portière.

– Une dernière chose. Je sais que je t'ai dit de t'épargner tout ce stress des fêtes. Mais tu avais raison pour les caramels.

– Hein ?

– Les caramels que tu envoies chaque année. Apparemment, il ne faut pas les rater. Plusieurs personnes m'en ont parlé. Ce ne serait pas Noël sans tes caramels, m'ont-elles dit.

Il avait l'air d'approuver.

– Je te l'avais bien dit.

– Bon, merci de m'avoir raccompagné. C'était très gentil de ta part.

Il ouvrit la portière, et Lindsay endura un souffle d'air glacial en regardant les longues jambes de Fred se déplier de sous le tableau de bord.

Lindsay attendit qu'il soit sorti de la voiture. Ce n'est qu'à ce moment-là qu'elle eut le courage de lui demander ce qu'elle avait pressenti depuis le début et qu'elle avait choisi d'ignorer.

– Fred ? Tu n'avais pas vraiment besoin que je te dépose, n'est-ce pas ?

– Je n'avais pas besoin de *ce moyen de transport*, précisa-t-il. La balade a été très agréable. Bonne nuit, Lindsay.

Si quelqu'un avait regardé Fred Holliday à ce moment précis, il aurait vu une grande silhouette masculine sombre cesser tout simplement d'exister, laisser un espace vide sur le trottoir.

Bien sûr, il en savait assez pour s'assurer que personne ne le verrait. Il ne voulait certainement pas donner un infarctus à un pauvre passant innocent pour Noël.

Après la rue aux couleurs vives, le retour au quartier général était un peu déconcertant. Si ce royaume avait une couleur, il supposait que ce serait le blanc pur, mais il n'y avait rien à voir. De même, il n'y avait rien à entendre, mais il reconnut la voix de son supérieur direct :

– *Je suppose que tu es là pour parler du dossier Lindsay Miller ?*

– *Oui. Ça ne va pas être facile, n'est-ce pas ? Il m'a fallu deux nuits pour la convaincre que j'existais.*

– *C'est typique.*

– *Elle a des barrières impressionnantes.*

– *C'est l'une des raisons pour lesquelles tu lui as été envoyé. N'oublie pas que tout cela est pour son bien.*

– *Si vous vouliez vraiment des résultats, vous auriez dû m'envoyer en août. Y a-t-il un moyen d'obtenir un délai supplémentaire ?*

– *Non, à moins que tu ne veuilles que nous changions la date d'un jour férié vieux de deux mille ans.* (Il n'y avait pas de ton audible, mais la rebuffade était évidente.) *Tu te débrouilleras.*

Fred hésita à faire des commentaires sur Lindsay, au-delà de ces généralités. Cela lui semblait injuste, d'une certaine façon. Son supérieur l'incita à le faire :

– *Qu'est-ce que tu comptes faire ensuite ?*

Il savait exactement ce qu'il fallait faire, mais il ne donna pas de précisions.

– *Je pense que je vais jouer l'écoute.*

– *Oui, c'est probablement ta plus grande compétence. Mais avant que tu ne partes, j'ai quelques informations plus pertinentes sur son cas…*

Chapitre 3

Lorsque Fred se présenta sur le pas de sa porte le lendemain matin avec un sapin de deux mètres de haut, Lindsay ne savait même pas pourquoi elle était surprise.

La journée avait commencé par un appel d'Evelyn, avant que Lindsay ne sorte de son lit. Il avait neigé pendant la nuit et les routes étaient fermées, donc le bureau serait également fermé pour la journée. Lindsay se doutait que les routes seraient rouvertes en fin de matinée, comme c'était généralement le cas, et elle se doutait aussi qu'Evelyn le savait. La neige était fréquente dans cette partie du Colorado, mais elle restait rarement au sol plus d'un jour ou deux. Elle avait l'impression qu'Evelyn appréciait cette excuse pour rester à la maison et faire quelques préparatifs de Noël, tout autant que n'importe lequel de ses employés.

La jeune femme décida de ne pas perdre de temps. Elle venait de découvrir qu'elle bénéficiait de huit heures supplémentaires, et elle voulait les utiliser au mieux. Des caramels pour le bureau ? Ou préparer d'autres cartes de Noël pour les envoyer par la poste ? Les cartes étaient encore empilées sur le plateau. Et le plateau se trouvait sur le canapé, intact depuis l'interruption mémorable de l'avant-dernière nuit. Les yeux de Lindsay passèrent du plateau à la cuisine et inversement.

Avant qu'elle n'ait pu décider de sa tâche, la sonnette de la porte retentit.

Lorsqu'elle ouvrit la porte, Fred se tenait sur son porche enneigé, un sapin de Noël posé à côté de lui comme un ami qu'il s'apprêtait à lui présenter. Il était revenu en tenue victorienne, avec un long manteau, une chemise à jabot, un chapeau haut de forme et tout le reste. Il portait également une écharpe rouge qu'elle ne lui avait pas vue la dernière fois.

Lindsay le regarda fixement.

– Certains garçons offrent des fleurs, dit-elle finalement.

Il a répondu par – quoi d'autre ? – un rire franc. Il fit tourner l'arbre lentement autour de son tronc pour que Lindsay puisse l'inspecter, lui offrant une vue de tous les côtés.

– Qu'en penses-tu ?

Le sapin était magnifique, plein et joliment formé, sans aucun défaut. Le parfum incomparable du pin taquina ses narines. Lindsay résista à l'envie de toucher une branche et de tester la fraîcheur des aiguilles.

– Je suis sûre qu'il sera très joli dans ta chambre d'hôtel.

– Ce n'est pas là qu'on en a besoin.

Elle remarqua qu'il n'avait ni confirmé ni nié avoir une chambre à l'hôtel.

– Il y a un endroit devant la fenêtre de ton salon qui ne demande qu'à l'accueillir.

Fred tourna la tête vers la fenêtre de l'entrée, où son sapin de Noël avait tenu bon chaque année jusqu'à celle-ci. Et dire qu'elle avait acheté le petit sapin artificiel pour se simplifier la vie.

Lindsay avait l'impression de se trouver sur le seuil à plus d'un titre. Si elle le laissait entrer maintenant, elle risquait de ne jamais s'en débarrasser. Mais comment pouvez-vous fermer la porte à un homme qui vous apporte un arbre entier ? Vous lui dites « Non merci » et vous fermez la porte ? Peut-être finirait-il par comprendre. Ou peut-être réapparaîtrait-il de l'autre côté de sa porte, avec son arbre et tout le reste.

Elle tenta quand même.

– Fred, je te l'ai dit, j'ai déjà un sapin.

– Non, tu as un peu de vert électrique et artificiel.

Ses yeux sombres la taquinaient et cherchaient à l'amadouer en même temps.

– Allez, accepte. Tu sais quelle différence cela fera.

Si elle fermait la porte maintenant, elle se sentirait comme le vrai Scrooge.

– J'avais des projets pour ce matin…

– Ton plan était d'aller travailler. Il a été annulé. Tu as quelques heures supplémentaires inattendues. C'est un cadeau. Il ne faut pas le bazarder.

Elle avait des cartes à poster et des caramels à préparer.

Elle avait devant elle un homme avec un arbre parfumé grandeur nature et le sourire le plus séduisant qu'elle ait jamais vu. Quelqu'un qui s'était toujours montré chaleureux, même s'il avait du mal à accepter qu'on lui dise non.

Pour la première fois, elle s'avoua qu'elle n'était pas si sûre de *vouloir* qu'il s'en aille.

Lindsay regarda la place devant sa fenêtre, vide à l'exception d'une plante en pot, facile à déplacer. Elle ouvrit plus grand la porte et fit un pas de côté.

– Merveilleux, s'exclama Fred en passant devant elle, apportant une bouffée de pin frais dans son appartement.

Tardivement, elle se demanda où il avait pu trouver un arbre à cette heure de la matinée, alors que toutes les routes étaient fermées.

Avant de refermer la porte, elle jeta un coup d'œil sur son porche. Une neige immaculée le recouvrait partout où elle posait les yeux, à l'exception de l'emplacement où Fred et l'arbre se tenaient à l'instant.

Elle ne releva aucune trace de pas jusqu'au porche. Pas de traces d'aiguilles.

Juste de la neige blanche et lisse.

Lindsay frissonna.

– Viens, maintenant, avant d'attraper la mort, dit Fred et sa main se posa légèrement sur son bras, la tirant doucement en arrière pour fermer la porte.

Elle avait frissonné, mais ce n'était pas à cause du courant d'air hivernal.

Fred appuya précautionneusement le sapin contre le mur et ôta sa veste, comme pour passer aux choses sérieuses.

– Oh, j'ai failli oublier.

Il plongea une main dans sa poche et en retira un brin de gui, attaché avec un nœud de velours rouge. Il tendit la main et l'attacha en un clin d'œil à la lampe suspendue au-dessus de la petite entrée de son appartement.

– Aucun foyer ne devrait en être dépourvu pour les vacances.

Lindsay recula, pour ne plus être sous la lampe, mais si Fred remarqua sa déconfiture, il n'en montra rien. Il retira son manteau, le plia soigneusement et le posa sur le dossier de son canapé avec un sourire.

– Je suppose que tu as un pied de sapin de Noël ?

Lindsay hocha faiblement la tête et se dirigea vers le placard de l'entrée, en faisant un large cercle pour éviter le gui.

Qu'est-ce que j'ai fait ?

Ce qu'elle avait fait, découvrit-elle, c'était de laisser entrer une source inépuisable de joie de Noël.

En moins d'une demi-heure, le sapin était installé dans son support, des chants de Noël résonnaient sur sa chaîne stéréo et Fred essayait de maîtriser les guirlandes lumineuses inévitablement emmêlées. Elle avait vu un certain nombre d'hommes se débattre avec les guirlandes de Noël, mais jusqu'à présent, elle n'en avait jamais vu un le faire sans jurer.

– Les trucs électriques ne sont pas mon fort, fut son seul commentaire.

Il n'était pas à l'aise avec les trucs électriques. Et il ne conduisait pas. Autant de petites particularités, et autant d'impossibilités apparentes. Hier soir, elle l'avait accepté sans trop se poser de questions, surtout sous l'effet d'un choc muet. Aujourd'hui, Lindsay se retrouva à chercher des explications. D'où venait-il *vraiment* ?

– « White Christmas » sortit de la chaîne stéréo et Lindsay pensa à un test.

– Quel est le nom du chanteur ? demanda-t-elle avec désinvolture, de façon ludique.

Il n'en rata pas une miette.

– Bing Crosby. Tout le monde le sait.

Il n'était donc pas sorti directement du XIXe siècle. Il connaissait des choses qui dataient, au moins, des années 1930 ou 1940. À peu près l'époque du film qu'elle avait regardé. Cela ne l'aidait pas beaucoup.

Les tempes de Lindsay commencèrent à palpiter sous l'effet d'un nouveau mal de tête. Un mal de tête qui n'a rien à voir avec « O Come All Ye Faithful » en fond sonore. Elle ferait mieux de mettre ses questions de côté pour l'instant, décida-t-elle.

Son mal de tête s'estompa.

Avec Fred, ils enroulèrent les loupiotes autour du sapin, en se plaçant de part et d'autre de l'arbre pour pouvoir se passer la guirlande lumineuse.

– J'aime bien celle-là, dit Fred en tripotant l'une des ampoules tout en lui tendant à nouveau la guirlande. De nos jours, la plupart des gens semblent préférer les toutes petites ampoules.

Lindsay observa ses ampoules plus grandes et multicolores.

– C'est la taille que nous avons toujours eue sur mon sapin à la maison dans mon enfance.

– J'y vais doucement, tu sais. Parce qu'un sapin digne de ce nom devrait aussi avoir des guirlandes.

– Laisse-moi deviner. (Elle a jeté un coup d'œil sur lui à travers les branches.) Un brin à la fois ?

– Absolument, répondit-il dans un sourire. Même si j'admets que ce n'est peut-être pas ce qu'il y a de mieux pour ton type de personnalité. Tu rends les choses suffisamment compliquées comme ça.

Le sourire la frappa juste au moment où le bout de ses doigts effleura les siens pour lui tendre à nouveau les lumières. Lindsay se retrancha derrière les branches pour cacher le rougissement qui envahissait ses joues, s'étendait à ses oreilles et descendait rapidement jusqu'à ses orteils.

– Qui est Steven ?

Lindsay releva la tête, mais les branches qui les séparaient masquaient le visage de Fred. Son cœur battit à tout rompre. Elle se souvint alors d'une astuce de voyante dont elle avait entendu parler : lancer une question au hasard, dans l'espoir d'obtenir un résultat direct.

Lindsay dit :

– J'ai un cousin qui s'appelle Steven.

– Non, pas celui-là.

Toute diseuse de bonne aventure qui se respecte, soupçonna Lindsay, aurait saisi la perche.

– Il s'agirait de quelqu'un de plus important.

– À toi de me le dire, lâcha-t-elle.

Tenant toujours sa partie de la guirlande lumineuse, Lindsay s'avança d'un côté de l'arbre et regarda Fred avec un visage aussi impassible que possible. Elle avait la bouche sèche, mais garda une voix neutre.

– Soit tu sais qui il est, soit tu ne le sais pas.

– Non, les informations que je reçois du siège sont strictement réservées à ce que je dois savoir. Le reste, c'est à toi de me le dire. Ils m'ont seulement informé que Steven et toi alliez vous réconcilier.

Soudain, elle ne se souciait plus de savoir *d'où* il venait. Elle voulait juste qu'il y retourne.

Lindsay laissa tomber sa longueur de guirlande.

– Stop.

Fred attrapa les ampoules.

– Quoi ?

Encore ce regard sans complaisance. Lindsay ressentit la brûlante piqûre de la trahison. Quand elle pensait qu'elle l'avait laissé entrer chez elle.

– C'est une sorte de jeu. Tu m'as espionnée. Ou alors quelqu'un a dû…

– Maintenant, écoute. (La fermeté soudaine de sa voix la surprit.) J'ai enduré à peu près tout ce que je pouvais supporter.

– *Tu* as enduré tout…

– Oui.

Les lumières de Noël dans ses mains doublèrent de luminosité, puis s'éteignirent.

Il ne sembla pas le remarquer.

– Je comprends que cela peut être difficile à accepter au début, et j'ai été patient. J'apporte un beau sapin à ta porte, et au moins tu es prête à l'accepter. Mais dès que je t'apporte une nouvelle qui ne te plaît pas, tu tires à bout portant sur le messager. Est-ce que c'est juste ?

Il n'avait pas élevé la voix, mais sa bouche dessinait une ligne ferme qui semblait incongrue sur ses traits.

Elle baissa les yeux sur les ampoules sombres dans ses mains. *Une surtension*, essaya-t-elle de se convaincre. Bien sûr. Et d'une façon ou d'une autre, il avait réussi à réarranger la neige sur son allée avant de frapper à sa porte. Elle avait eu une hallucination auditive pour les chants de Noël au téléphone. Et bien sûr, c'était une pure coïncidence que cet homme soit la copie conforme de l'acteur qu'elle regardait à la télévision quelques instants avant que Fred n'apparût dans sa vie.

Lorsqu'elle leva les yeux vers son visage, il l'emprisonna dans son regard fixe. Il n'avait pas l'air de jouer la comédie. Il avait l'air sincèrement offensé.

– De quelle preuve as-tu besoin pour savoir si je te dis la vérité ?

Elle regarda une nouvelle fois les ampoules. Puis regarda ses yeux, toujours fixés sur les siens. Et elle déglutit.

– Steven était mon petit copain au lycée. Je ne l'ai pas vu depuis des années.

Il fronça les sourcils. Mais cette fois, apparemment, pas contre elle.

– C'est étrange. Je n'aurais pas pensé que l'entremise était mon point fort. Qu'est-ce qui s'est passé, il était trop brut de décoffrage ?

Non, pensa-t-elle, *c'est moi qui l'étais.*

– Non, se dit-il, ça ne peut pas être ça. Ce ne serait pas dans ton intérêt, et c'est bien de ton intérêt qu'il s'agit.

Les lignes entre ses sourcils s'estompèrent.

– Pourtant, je suppose qu'aucune règle ne dit que c'est la *première* chose à laquelle nous devons faire face.

La guirlande lumineuse se ralluma. Mais il ne regardait pas les lumières. C'est elle qu'il regardait.

Fred tendit la mèche à Lindsay, prête à poursuivre leur tâche. Apparemment, à aucun moment il n'avait remarqué qu'elles s'étaient éteintes.

Lindsay fixa les lumières, puis Fred.

– Ce n'est pas normal.

Fred croisa son regard en lui mettant dans la main la guirlande d'ampoules lumineuses.

– Maintenant, tu commences à comprendre, dit-il doucement.

Lindsay essaya de se concentrer sur l'installation des guirlandes électriques. Ou sur le picotement des aiguilles de pin. Sur des catastrophes nationales. N'importe quoi valait mieux que les pensées indésirables qui encombraient maintenant son cerveau.

Pourquoi Fred avait-il parlé de Steven ? Et comment lui et « le quartier général » étaient-ils au courant pour Steven… à moins que Fred ne soit exactement ce qu'il prétendait être ?

Alors qu'elle pensait que cette situation ne pouvait pas être plus étrange, voilà qu'il y mêlait son ancien petit copain. Elle n'avait pas vu Steven depuis dix ans. Elle n'avait pas pensé à lui depuis… euh, c'était un mensonge. Il était là, dans l'ombre, surtout à cette période de l'année. Parce qu'ils avaient rompu à cette période de l'année, et que cela s'était si mal terminé.

Le quartier général ne savait-il pas qu'il faut laisser dormir le passé ? Il vaut mieux laisser certaines portes fermées, et elle était presque sûre que Steven serait d'accord avec elle.

Elle jeta un coup d'œil furtif à Fred à travers les branches de pin. Cela aurait été tellement plus logique s'il était apparu sous les traits d'un Jacob Marley réprobateur, qui faisait trembler ses chaînes. Il prétendait être son esprit personnel de Noël. Alors pourquoi ressassait-il le passé ?

Cela n'avait aucun sens, mais il devenait de plus en plus difficile de nier que tout cela était réel.

Elle savait que Fred l'observait, essayant de déchiffrer son expression, même si chaque fois qu'elle lui jetait un coup d'œil, il semblait lui aussi concentré sur le sapin de Noël. Avec tous les efforts qu'ils faisaient pour accrocher ces lumières, l'arbre serait un chef-d'œuvre lorsqu'ils auraient fini.

Fred laissa les chants de Noël de la chaîne stéréo meubler le silence pendant qu'ils finissaient d'installer les guirlandes. Les traits inquiets de Lindsay, et son expression légèrement déconcentrée, lui firent comprendre qu'elle avait une réflexion à mener. Mieux valait ne pas l'interrompre. D'ailleurs, il devait lui aussi réfléchir un peu.

À quoi pouvait bien penser le quartier général ?

Pourquoi l'envoyer, *lui*, jouer les entremetteurs entre une jolie femme et son ex-petit ami ? S'il avait su, il n'aurait certainement pas apporté le gui. C'était plus ou moins une blague, mais il n'aurait pas hésité à lui voler un baiser si l'occasion s'était présentée. Tout cela dans l'esprit des fêtes de fin d'année, bien sûr.

La boîte de décorations que Lindsay sortit du placard apporta un changement d'humeur bien nécessaire. Dès qu'elle s'agenouilla sur le sol et ouvrit les rabats du carton, il le vit sur son visage. La douce lumière de la redécouverte.

Elle avait aimé le sapin. Elle aimait les chants de Noël, sinon elle n'en aurait pas plus de cinquante disques. Mais cette boîte contenait des choses beaucoup plus chères au cœur de Lindsay. Il s'agenouilla en face d'elle pour mieux voir. Non pas le contenu de la boîte, mais les expressions qui traversaient son visage à mesure que les souvenirs affluaient.

– Mon premier casse-noix.

Elle lui donna cette information sans se faire prier.

– L'une des premières décorations que j'ai achetées avec mon argent de poche. Et voici l'une des ballerines en cristal…

Lindsay dressa un inventaire désordonné en déballant les décorations des serviettes et des mouchoirs et en les étalant sur le sol. Tous les ornements étaient différents – de différentes décennies et, probablement, de différents foyers. Il n'y avait pas d'objet inutile aux couleurs coordonnées, à l'exception de quelques boules de couleurs vives qui servaient à agrémenter l'arbre. Ce serait un arbre rempli de sentiments, et Fred se rendit compte qu'il n'en attendait pas moins d'elle.

Au bout de quelques minutes, elle lui tendit un petit soldat et se leva pour accrocher la première de ses ballerines. Pendant qu'ils s'affairaient, Fred prenait soin de laisser Lindsay se concentrer sur ses préférés, parfois avec un commentaire ou une histoire, parfois non. Puis il en repéra un qui avait l'air inimitable d'un souvenir précieux.

– Voilà quelque chose qu'on ne voit pas tous les jours.

Il brandissait un cheval en lambeaux, avec une énorme tête en polystyrène et un faux sucre d'orge en guise de corps.

– Oh, laisse-moi accrocher celui-là.

Lindsay le lui arracha des doigts et l'accrocha en bas de l'arbre, mais près du centre, là où on ne manquerait pas de le voir.

– C'est Rudolph. Ma mère m'a laissé le prendre avec moi quand j'ai déménagé.

Elle toucha les bois courbés du renne en papier d'aluminium vert.

– Quand j'étais petite, je l'accrochais toujours à une belle branche haute. Ensuite, je me demandais pourquoi il se retrouvait plus tard dans un endroit plus bas. En général, c'était à l'arrière.

Elle mit ses mains devant son visage pour cacher son sourire.

– N'est-il pas hideux ?

– Certaines des décorations de Noël les plus réussies sont hideuses.

Fred scrutait les yeux gris clair qui se trouvaient au-dessus de ses mains croisées. Indéniablement, ils pétillaient.

Et tu allais laisser ces boîtes dans le placard toute l'année ?

Il s'abstint de le dire.

L'arbre se remplit rapidement. Il ne restait bientôt plus beaucoup de place, même pour les boules classiques, dont la plupart se trouvaient à l'arrière de l'arbre. Une poignée de décorations recouvrait encore le fond de la boîte lorsque Lindsay referma les rabats en carton avec un dernier regard déçu.

– Je suppose que je vais devoir les garder pour l'année prochaine.

L'année prochaine. Il a bien aimé cette idée.

Fred pressa l'interrupteur de la lumière du salon et tous deux reculèrent pour admirer leur travail. Le jour gris et hivernal à l'extérieur laissait l'appartement assez sombre, de sorte que les lumières colorées de l'arbre eurent la chance de jouer leur rôle, transformant la pièce en une image de vacances tranquilles.

Lindsay était debout dans la lumière douce, se tenant les bras.

– Merci, chuchota-t-elle en croisant son regard.

Un sourire effleura ses lèvres et lui serra le cœur. C'était le seul moment où elle n'avait pas émis de réserves jusqu'à présent.

Et s'il laissait le moment durer, il pourrait se laisser aller et passer son bras autour d'elle, que son cas l'exige ou non. *Rappelle-toi que tu es en mission.*

À la lueur du sapin de Noël, c'était difficile de s'y tenir. Fred recula jusqu'à l'interrupteur et ralluma. Cela lui permit de prendre la distance dont il avait besoin, mais au détriment de l'ambiance paisible qu'ils venaient de réussir à capturer. Un coup d'œil à Lindsay lui confirma qu'il avait brisé le charme du moment. Elle examinait les boîtes qu'ils avaient vidées, comme si elle calculait l'effort qu'il faudrait faire pour les remettre dans le placard.

Alors, il dit :

– Qu'est-ce qu'il y a de prévu ensuite ?

Il grimaça. Son ton semblait trop vif, même à ses propres oreilles. Ce n'était pas bon.

Lindsay entortilla ses doigts dans ses cheveux. Fred voyait les démons revenir. Elle remettait sa carapace. Pourquoi s'enfermait-elle dans une boîte, comme ces objets qui décoraient maintenant son sapin ?

– Les cartes de vœux et les caramels, lança-t-elle.

– Oh, oui, les cartes.

Fred se dirigea vers le petit plateau en bois, rempli de cartes et d'enveloppes vertes, et jeta un coup d'œil au carnet d'adresses ouvert.

– C'est une sacrée pile. Et tu n'en es qu'à la lettre *G* ?

– Je ne te dérange pas trop ?

– Excuse-moi, je ne voulais pas être indiscret, dit-il en faisant un pas en arrière. Les dangers de ma profession. Qui sont tous ces gens, d'ailleurs ?

Il pouvait carrément sentir une petite bobine se resserrer à l'intérieur d'elle.

– Ma famille. Les amis du lycée, et de l'université…

– Pourquoi ne pas leur envoyer à tous des cartes postales et en finir ?

– C'est la seule période de l'année où la plupart d'entre eux entendent parler de moi.

Il haussa un sourcil en la regardant. *Et pourquoi donc ?*

– Et pourquoi ne leur envoies-tu pas une petite news pour leur donner des nouvelles ?

– C'est trop impersonnel. De toute façon, les célibataires n'envoient pas de news comme ça. C'est pour les gens qui ont des enfants qui jouent au foot et prennent des cours de piano.

Fred remarqua qu'alors qu'elle défendait à mort la nécessité d'écrire les cartes, elle n'avait pas fait un seul pas vers le plateau. Il lui sourit doucement.

– Lindsay, tu détestes ces cartes.

Elle cligna des yeux à ce mot.

– Je ne les *déteste* pas.

– Bien, elles sont le fléau de ton existence, alors.

Cette fois-ci, elle ne discuta pas.

– Je pourrais au moins écrire l'adresse sur les enveloppes pour toi.

– Il faut que ce soit écrit avec mon…

– Ton écriture.

Il hocha la tête d'un air grave en finissant la phrase avec elle.

– J'aurais dû m'en douter. Ne t'est-il jamais venu à l'esprit que tu rendais les choses plus difficiles qu'elles ne devraient l'être ? Pourquoi ne pas appeler tes amis pendant l'année ?

Ses doigts s'enroulaient encore dans ses cheveux. Parfois, elle ressemblait à une boule de consternation, un enchevêtrement de nœuds qu'il désirait ardemment défaire. Mais il était certain que la plupart de ses idées pour y parvenir ne seraient pas acceptées par le quartier général. Et elles ne seraient probablement pas non plus très populaires auprès de ce Steven. Pas si l'homme avait un peu de bon sens.

– Très bien, alors. Je peux t'aider pour le caramel.

Sa main abandonna ses cheveux.

– Tu dois te moquer de moi.

– Non, regardons ce qui suit. Quelle quantité de caramel dois-tu faire ?

– Deux marmites. L'une avec des amandes et l'autre sans. Et c'est une recette compliquée. Tu ne pourrais pas...

– Tu veux parier ?

– *Tu* plaisantes.

– Non. Voilà ce qu'il en est. C'est beaucoup mieux.

Paradoxalement, il trouvait qu'il était beaucoup plus facile de contrer ses arguments que de gérer sa vulnérabilité. L'un lui permettait d'aiguiser son esprit. L'autre semblait vouloir lui faire oublier pourquoi il était ici.

– Combien de temps te faut-il pour préparer une fournée de caramel ?

Elle se mordit la lèvre.

– Environ quarante-cinq minutes.

– As-tu deux marmites ?

– Oui. Mais il n'est pas question...

– Attends, tu n'as pas encore entendu mes conditions.

Fred croisa les bras, s'adossa au mur à côté de l'interrupteur.

– J'apprends vite. Tu fais une fournée, je fais une fournée. Je ferai exactement la même chose que toi.

Elle ouvrit la bouche pour objecter à nouveau. Il leva la main.

– Si nous ne produisons pas deux fournées parfaites de caramel dans le temps qu'il t'aurait fallu pour en faire une, je te laisse tranquille.

Sa bouche resta ouverte. L'idée de le voir partir lui plaisait-elle encore ? Il espérait que non. Mais il poursuivit :

– Si je perds, je te laisserai en paix. Pas de discussion.

Il marqua une pause, puis joua sa carte maîtresse.

– Pas de Steven.

Elle tressaillit à l'évocation de ce nom. Quel genre de personne était cet homme ?

– Cependant, si je gagne… (Il inspira profondément.) Tu acceptes que je t'emmène dans une véritable aventure de Noël demain soir. Encore une fois, pas de discussion.

Il étudia le visage de Lindsay. Il se passait tellement de choses derrière ces yeux. Étrangement, plus il la connaissait, moins il était sûr de la teneur de ces pensées.

Finalement, Lindsay retroussa les coins de sa bouche en un autre sourire.

– D'accord. À une condition.

Il se redressa contre le mur.

– Laquelle ?

– Si tu gâches une fournée de caramel, tu dois la remplacer, avec tout le chocolat et les guimauves que nous gaspillons.

– *Seize* marshmallows, répéta Fred.

– Pas quinze. Pas dix-sept…

Lindsay posa une main sur sa hanche pendant que l'autre remuait les guimauves qu'elle venait d'ajouter à sa marmite.

– Rappelle-toi. Le marché conclu, c'est que tu le fais à ma façon.

– Oh, je ne discute pas. Je me demande juste quelle réaction chimique bizarre pourrait se produire si…

– Chut !

L'étincelle était revenue dans ses yeux et le nuage de stress s'était dissipé alors qu'ils se tenaient côte à côte devant sa cuisinière, assemblant les ingrédients. Dans sa cuisine, toute incertitude disparut, et Lindsay se transforma en une femme qui maîtrisait son sujet. Fred n'était pas dupe. Il ajouta ses guimauves.

– D'où te vient cette recette ? De ta grand-mère ?

Lindsay rougit.

– D'Internet.

Il haussa les sourcils.

– Tu n'es pas sérieuse. J'ai entendu parler de gens qui utilisent des ordinateurs pour d'autres choses, comme rencontrer quelqu'un à épouser. Mais quelque chose d'aussi important que le caramel ?

– Enfin, en quelque sorte. J'ai commencé par un tas de recettes que j'ai trouvées sur Internet. Puis j'ai expérimenté. J'aime ajouter du chocolat au lait au chocolat mi-sucré. Et beaucoup de gens utilisent de la crème de guimauve en pot, mais je…

– Je m'incline devant ton expertise. Montre-moi simplement comment on fait.

Lindsay continuait de remuer et Fred fit de même. Un pli pensif se dessina sur son front tandis qu'elle se penchait sur sa tâche. Ses cheveux glissèrent vers l'avant pour masquer partiellement son visage comme un rideau, tombant en vagues d'un brun clair discret. Ils avaient l'air terriblement doux. Fred ressentit une envie irrationnelle d'y enfouir ses doigts.

– Tu n'utilises jamais d'ordinateur, n'est-ce pas ?

Sa question le prit au dépourvu.

– Je n'en ai jamais eu besoin. Je suis plutôt sur le terrain.

– Est-ce qu'ils utilisent des ordinateurs, là d'où tu viens ?

Cela faisait trop de questions, et sur des choses qui n'avaient pas d'importance.

– Le mélange est en train de bouillir, déclara-t-il.

– Et maintenant ?

L'attention de Lindsay se reporta sur la question cruciale qui les occupait.

– Il n'arrive jamais à ébullition aussi rapidement. Vite, continue de remuer. J'ai oublié le thermomètre à bonbons.

Tout en continuant à remuer dans sa propre marmite, elle fit un grand pas vers la gauche avec un pied et fouilla dans un tiroir, à peine à sa portée. Elle écarquilla les yeux d'inquiétude.

– Je n'ai pas réfléchi. Je n'ai qu'un seul thermomètre à bonbons.

– Nous allons donc regrouper ma fournée avec la tienne. Qu'est-ce qui peut arriver de pire ? Tu auras toujours une bonne fournée de caramel, et je ne serai plus sur ton chemin.

Elle aurait pu avoir l'air mécontent à cette idée, même en fouillant dans le tiroir de la cuisine. Il l'espérait. Mais si elle n'avait pas senti dès le début à quel point ce pari était gagné d'avance, elle avait encore beaucoup à apprendre sur lui.

Lindsay récupéra le thermomètre à bonbons et l'accrocha à l'intérieur de sa casserole. Pendant quelques minutes, ils touillèrent côte à côte en silence. De temps en temps, elle pliait les genoux pour avoir les yeux au niveau du thermomètre à bonbons, et surveiller la température cruciale, avec autant d'attention que n'importe quel médecin de salle d'urgence. Pour Lindsay, le caramel était une affaire sérieuse. Mais il ne semblait pas créer le poids de ces horribles cartes dans le salon.

– Tu aimes ça, n'est-ce pas ? demanda-t-il.

– Je crois que oui. Mais au bout d'un moment, ça devient épuisant. À la fin de la semaine dernière, j'avais l'impression que mon bras allait tomber à force de remuer. Mais c'est une chose que je sais faire.

– Et c'est important ?

Elle lui lança un regard menaçant. « Menaçant » était un terme relatif, venant de quelqu'un qui mesurait près de trente centimètres de moins que lui.

– Continue à touiller.

– La psychologie de comptoir n'est donc pas l'un de mes points forts. Nous l'ajouterons à la liste, avec les trucs électriques et les ordinateurs.

Lindsay ne sembla pas l'entendre. Elle regardait à nouveau le thermomètre à bonbons. La profondeur de sa concentration lui donnait un drôle de point de côté dans la poitrine.

Tu sais, tu pourrais probablement utiliser ton réseau informatique pour trouver Steven aussi. À condition que le problème soit de le trouver. Mais il n'allait pas bouleverser l'ordre des choses en lançant à nouveau ce nom. Lui-même n'était pas impatient d'y penser.

C'était Steven qui devrait franchir les barrières de cette femme, et non l'inverse. S'ils avaient envoyé Fred pour travailler à l'autre bout de l'affaire et aider Steven à se réconcilier avec Lindsay, cela aurait été beaucoup plus facile. Il aurait pu pousser Steven à deux mains vers une jolie fille inconnue, avant que lui-même n'ait eu l'occasion de la connaître.

Mais Lindsay devait avoir besoin de lui pour autre chose, sinon il ne serait pas là. Il lui apporterait donc Noël de la meilleure façon qu'il connaisse : un bonheur à la fois.

Enfin, Lindsay déclara le mélange suffisamment chaud pour ajouter les pépites de chocolat. Elle continua à remuer la pâte, jusqu'à ce qu'elle décide enfin qu'il était temps de la retirer du feu.

– Très bien, dit-il. Prête pour le moment de vérité ?

Lindsay lui adressa un regard perplexe.

Fred brandit une cuillère en bois remplie de caramel sous son nez, l'agitant légèrement dans l'air pour la refroidir.

– Voilà. Il est temps de voir si j'ai bien compris.

Lindsay le regarda par-dessus la cuillère, et il lut une merveille d'émotions compliquées dans ses yeux. Voulait-elle qu'il gagne ou qu'il perde le pari ? Fred n'était pas sûr de connaître la réponse. Elle tourna son visage vers lui alors qu'il tendait la cuillère vers ses lèvres. Et puis, en le goûtant, elle ferma les yeux, savourant le chocolat. Son expression était celle d'un abandon béat.

C'était la vraie Lindsay, elle ne s'était pas composé un visage, elle était complètement dans l'instant. Tout à fait comme une femme perdue dans un baiser.

Il n'aurait jamais dû apporter ce satané gui.

Chapitre 4

Chère tante Arline,

J'espère que tu vas bien. Quel temps fait-il dans le Minnesota ?

C'est un peu tard dans la saison, mais ce matin, j'ai décoré mon sapin de Noël avec…

Lindsay raya le mot « avec » et mit un point à la fin de la phrase. Il n'y avait aucun moyen pour elle d'expliquer Fred.

Les chants de Noël sur la chaîne stéréo s'arrêtèrent. Par pur entêtement, Lindsay essaya de continuer à travailler, mais le silence lui pesait. Finalement, elle se leva. Mais avant de changer de musique, elle alla chercher du lait de poule dans la cuisine. Seulement parce qu'il serait bientôt périmé.

D'accord, Fred avait raison sur certains points. Il ne lui avait pas vraiment appris des choses qu'elle ne savait déjà. Pendant des années, elle avait essayé de faire de plus beaux Noëls. C'est pour cette raison qu'elle avait acheté du lait de poule.

Mais Steven ?

Fred était complètement à côté de la plaque sur ce coup-là. La base de données du quartier général devait avoir un énorme problème. Après la façon dont elle avait laissé les choses se terminer avec Steven, ce dernier lui jetterait probablement des pierres s'il la revoyait. Ce n'était pas la bonne façon de rompre avec un petit copain ; ce n'était même pas une bonne façon de traiter un ami. Et Steven *avait été* son ami, son meilleur ami, tout au long du lycée.

Leur relation amoureuse s'était développée si progressivement que Lindsay avait du mal à se rappeler exactement quand elle avait commencé. Ils s'étaient rencontrés l'été précédant leur première année de lycée, lorsque Steven avait emménagé dans le quartier de Lindsay. Il habitait à un pâté de maisons de Lindsay, si bien qu'ils n'avaient pas eu besoin de voiture lorsqu'ils avaient commencé à se donner rendez-vous pour étudier. Lindsay était nulle en algèbre ; Steven ne savait jamais où mettre une virgule dans une dissertation. C'était un échange de bons procédés sans faille.

Quand il y avait des soirées au lycée, ils y allaient ensemble. Pas besoin d'attendre en espérant qu'un garçon qu'elle connaissait à peine l'invite. Même pas ce beau joueur de football, qui avait fini par se faire renvoyer pour avoir introduit une fois de trop de l'alcool dans un événement scolaire. N'était-ce pas aussi bien ?

Elle se souvenait de leur premier baiser, une tentative maladroite devant la porte d'entrée de Lindsay, et heureusement que c'était avec Steven, parce qu'aucun des deux n'avait à en être gêné. Ce dont elle ne se souvenait pas, c'était d'une étincelle. Rien de comparable à ce qu'elle avait ressenti lorsque la main de Fred avait effleuré la sienne en lui tendant les guirlandes de l'arbre de Noël.

Steven aussi aimait Noël. Et Lindsay adorait. Ils disposaient de beaucoup plus de temps à l'époque – pas d'obligations autres que les cours et, plus tard, un job à temps partiel chez *McDonald's*. Il n'y avait pas autant de personnes à qui offrir des cadeaux. Il y avait beaucoup de temps pour planifier, emballer et trouver le bon cadeau. Pour Steven, le cadeau était facile à trouver ; ils étaient si souvent ensemble qu'elle savait exactement de quel type de chandail il avait besoin ou quel CD il voulait. Tout était venu si naturellement.

Mais depuis tout ce temps, elle ne se souvenait pas que les heures aient défilé aussi vite qu'elles venaient de le faire avec Fred.

Si on l'entendait ! Fred n'était pas là pour jouer les amoureux, et plus vite il sortirait de sa vie, mieux ce serait. Peut-être que si elle s'appliquait avec les chants de Noël et le lait de poule, il remplirait suffisamment sa mission pour s'en aller, et il ne se montrerait même pas le lendemain soir.

Elle se dit que c'était ce qu'elle voulait.

En retournant dans le salon, elle mit le CD de musique de Noël country le plus bizarre qu'elle ait pu trouver. C'était exactement ce qu'il lui fallait pour faire fuir tout Anglais qui se respecte.

Ce n'était pas si facile de le chasser de ses pensées.

En se préparant pour le travail le lendemain matin, Lindsay fouilla dans son placard et, à sa grande surprise, en ressortit son pull rouge le plus vif. Elle l'enfila et étudia son reflet dans le miroir de la salle de bains d'un œil critique. Le rouge vif correspondait à la saison, mais il atténuait la couleur de ses cheveux, leur donnant une nuance fade qui n'était ni blonde ni brune. Pour compenser, elle passa un peu plus de temps sur son maquillage, apportant une touche de couleur supplémentaire à ses joues et à ses yeux. C'était mieux. Mais il manquait quelque chose. L'instant d'après, elle cherchait dans sa boîte à bijoux sa vieille paire de boucles d'oreilles en forme de sucre d'orge.

Elle finit par arriver en retard au travail, mais personne ne sembla s'en préoccuper une fois qu'ils remarquèrent qu'elle avait apporté deux assiettes de caramels.

– Alors, comment se porte ton joyeux lord ?

Jeanne entra dans le petit bureau de Lindsay et se percha sur le coin de sa table, un carré de caramel à la main.

Lindsay ne put se retenir de sourire. Elle devait admettre que c'était une bonne description de Fred.

– Il va bien. Il m'a aidé à faire le caramel, en fait.

– C'est encore mieux cette année. Non pas que ce ne soit pas toujours le cas. Mais tu vois ce que je veux dire.

Lindsay voyait très bien. Les caramels disparurent rapidement au cours de la matinée – en particulier la fournée que Fred avait préparée, bien que les caramels aux amandes soient généralement plus lents à disparaître.

Jeanne balançait paresseusement une jambe de haut en bas. Si un homme s'était trouvé dans la pièce, Lindsay savait qu'il n'aurait pas pu détacher ses yeux de ce mouvement inconscient et sexy de son mollet.

– Je ne peux pas croire que tu ne m'aies jamais parlé de lui, dit-elle. D'où vient-il ?

Comment répondre à cette question ? D'Angleterre, il y avait plus de cent ans ? Ou surgi de son écran de télévision ? Elle ne pouvait certainement pas parler du « quartier général », quoi que ce soit.

– C'est un ami d'ami. Il est juste en visite pour quelque temps.

– Peut-être qu'il se plaira ici.

Une lueur ludique apparut dans les yeux bleus de Jeanne.

– Il avait l'air de bien t'aimer.

Elle avala sa dernière bouchée de caramel. Aux amandes, nota Lindsay, avant que le carré ne disparaisse dans la bouche de Jeanne.

– Il m'a posé des questions sur toi. Ensuite, je lui ai parlé de mes chats.

Elle roula des yeux.

– Le plus drôle, c'est qu'il a fait comme s'il écoutait vraiment.

Lindsay pensa à Phil et à ses maquettes de bateaux.

– Il est doué pour ça. Écouter.

– Pour moi, c'est une personne à garder.

Jeanne arrêta de balancer sa longue jambe fine, et se mit à balancer l'autre. Matt passa devant elle et faillit se cogner au mur du bureau voisin en se retournant pour regarder.

Lindsay se demanda si Fred avait aussi remarqué les intentions de Matt à l'égard de Jeanne.

Ignorant le nez cassé qu'elle avait failli causer, Jeanne continua :

– Si tu te maries, cela fera-t-il de lui un citoyen américain ?

Lindsay sentit son visage devenir brûlant.

– J'en doute.

Jeanne semblait toujours pressée de voir une relation devenir sérieuse. Elle était loin de se douter que c'était peu probable dans ce cas. Il serait assez difficile, après tout, de s'engager avec un homme qui pouvait apparaître et disparaître à volonté. C'était le bon moment pour changer de sujet. Lindsay demanda :

– Comment ça se passe entre Brad et toi ?

– Toujours la même chose. J'attends de voir s'il va provoquer une dispute avant Noël comme il l'a fait juste avant mon anniversaire. Je te jure que certains gars planifient ce genre de choses, juste pour ne pas avoir à acheter un cadeau.

Elle se hissa sur le bureau de Lindsay.

– Je ferais mieux de me remettre au travail. Tu veux déjeuner thaï aujourd'hui ?

Lindsay hésita. Le restaurant thaïlandais situé à deux rues de là était un plaisir que Jeanne et elle s'offraient de temps en temps. Des plats de filles qu'aucun homme qu'elles avaient fréquenté n'avait jamais voulu essayer. Que savaient les hommes de la soupe à la noix de coco et du café glacé thaïlandais ?

En fait, c'était Jeanne qui avait fait découvrir cette cuisine à Lindsay la deuxième semaine après son arrivée. La jolie blonde savait exactement ce dont la nouvelle recrue stressée avait besoin alors qu'elle bataillait pour s'adapter à son premier poste à temps plein. Jeanne s'était montrée rassurante et encourageante, et Lindsay avait été surprise de constater combien elle avait de points communs avec une personne si différente en apparence.

Un déjeuner thaïlandais était tentant, mais…

– J'ai des cartes de Noël à faire.

Elle avait apporté un sac d'épicerie en plastique rempli de cartes de vœux, pour y travailler pendant l'heure du déjeuner. Hier, elle avait à peine dépassé la lettre *M*. Il y avait beaucoup de Miller dans sa famille.

– Oh, allez. C'est peut-être notre dernière chance avant que tu ne partes en vacances, l'implora Jeanne.

Elle avait peut-être raison. Lindsay prenait la semaine de congé entre Noël et le Nouvel An pour rendre visite à ses parents, alors elles n'avaient plus beaucoup de jours au bureau. De plus, Lindsay se souvenait que Jeanne lui avait confié que l'idée que Brad se faisait des sorties au restaurant impliquait rarement autre chose que du steak haché dans un petit pain rond. Il n'était pas le mâle le plus accommodant qui soit.

Et après tout, à quoi servent les amis ?

– D'accord.

Jeanne rayonna et s'élança vers la sortie.

Plus tard dans la matinée, Lindsay s'arrêta en passant devant le plat de caramels posé sur la longue table au milieu du bureau, à côté de la machine à café. Après avoir préparé onze fournées de caramels la semaine passée – dont la qualité devait naturellement être testée –, elle n'avait pas tout à fait l'appétit habituel pour le chocolat. Mais elle prit un morceau de la préparation de Fred avec les amandes et en avala une bouchée. C'était vrai qu'il avait du goût. Il était presque aussi bon qu'il l'était dans sa cuisine hier, quand le caramel était encore chaud.

Lindsay arracha un petit coin d'un morceau de son caramel et y goûta rapidement. Le caramel de Fred *était* meilleur que le sien. Mais comment ? Il s'était tenu juste à côté d'elle et avait reproduit exactement ses gestes.

Elle rapporta un morceau supplémentaire de fondant aux amandes à son bureau pour le garder pour plus tard, avant qu'il n'y en ait plus. Elle était contente de l'avoir fait. Quand Jeanne et elle revinrent du déjeuner, les deux assiettes qu'elle avait apportées étaient vides.

Pendant tout le reste de l'après-midi, le petit carré de caramel la tenta depuis sa cachette, bien à l'abri dans un filtre à café au coin le plus éloigné de son bureau. Elle le fit attendre, se forçant à se concentrer sur la pile de relevés de comptes clients qui devaient être faits avant qu'elle ne parte en vacances. Alors que la journée s'étirait, Lindsay essayait de ne pas jeter un coup d'œil à sa vieille montre Timex plus souvent que d'habitude. Quoi que Fred ait en réserve pour ce soir, elle le découvrirait bien assez tôt.

C'est ce qu'elle se dit. Mais cela n'empêchait pas son esprit d'évoquer ses yeux sombres et rieurs, remplis d'une promesse secrète. Lindsay essaya de ne pas y penser, de la même façon qu'elle essayait d'ignorer ce carré de caramel caché. Non. Pas avant d'avoir suffisamment travaillé.

À seize heures vingt-cinq, elle décida finalement qu'elle l'avait mérité. Elle se rendit à la machine à café et se servit une demi-tasse de thé pour accompagner son chocolat. En retournant à son bureau, elle entendit un rire profond et sonore provenir de l'intérieur de la pièce.

Lindsay tourna le coin, et Fred était là, allongé contre le classeur à côté de son bureau, mangeant son dernier morceau de caramel, en pleine conversation avec son amie Jeanne.

Il n'avait pas de chapeau cette fois-ci non plus, ses cheveux noirs étaient légèrement ébouriffés comme s'il venait de marcher dehors, et Lindsay se demanda distraitement s'il avait vraiment besoin de marcher quelque part. Il portait le même manteau et la même écharpe rouge vif que le matin précédent, et son visage respirait la bonne humeur lorsqu'il sourit à Jeanne. Le cœur de Lindsay fit un bond de lui-même ; elle l'avait vu tout l'après-midi, mais la vision de son esprit ne lui avait pas rendu justice. Difficile de croire qu'il était là parce qu'elle avait *perdu* un pari.

Non, non, non. Il y a deux jours, tu pensais qu'il était le fruit de ton imagination.

Une magnifique figurine.

– Il n'oserait pas, dit Fred à Jeanne.

Une incrédulité totale brillait dans ses yeux.

– S'il commence à se disputer avec toi avant le 24 décembre, fais-le-moi savoir. Je lui dirai un mot.

Son regard se dirigea vers l'embrasure de la porte, où se tenait Lindsay. Et il y resta. Son sourire ne s'élargit pas, il s'approfondit, avec un plaisir non dissimulé de la voir.

Il se redressa de sa posture à moitié penchée.

– Lindsay.

Même son nom lui paraissait d'une beauté inhabituelle. Comment était-elle censée agir de façon rationnelle avec un homme comme lui ?

Les yeux de Lindsay se portèrent sur le dernier fragment de caramel dans sa main.

– C'était mon dernier morceau.

S'il s'était agi de quelqu'un d'autre, elle se serait demandé comment il l'avait trouvé.

– Ton dernier morceau ? C'est mon premier.

Il cligna des yeux pleins d'innocence blessée.

– Tu m'as fait partir avant que ce ne soit prêt à être mangé. Attendre quatre heures pour le laisser refroidir ? C'est triste.

Il enfourna le petit reste de caramel dans sa bouche.

Jeanne la regardait fixement.

– Il t'a aidée à le préparer ? Et tu ne lui en as pas laissé ?

Génial. Maintenant, elle était une sorcière qui détestait Noël.

– J'avais des cartes de vœux à faire.

– J'ai proposé mon aide pour les cartes. Mais peu importe.

Fred jeta le filtre à café vide et froissé dans sa corbeille et tourna une fois de plus son regard enveloppant vers elle.

– J'aime bien tes boucles d'oreilles.

Les petits sucres d'orge. Personne d'autre ne les avait remarqués ; elle les avait presque oubliés.

– Je sais que je suis un peu en avance, dit-il. Je me suis dit qu'il valait mieux prendre une bonne longueur d'avance.

– Je ne peux pas partir plus tôt, je suis arrivée en retard…

– Phil a dit que c'était bon.

Il en avait parlé à Phil ? Lindsay jeta un coup d'œil à Jeanne, dont les sourcils haussés reflétaient les siens, puis se retourna vers Fred.

– Tu pourrais vendre des cendres au diable, n'est-ce pas ?

– Peut-être, dit-il d'un ton léger. Mais pourquoi voudrais-je le faire ?

Jeanne rit, mais Lindsay n'était pas sûre qu'il s'agissait d'une blague.

– Bon, je vous laisse y aller tous les deux, trancha Jeanne en sortant de la pièce avec un sourire complice. Amusez-vous bien.

Ces petits bureaux aux murs bleus n'avaient jamais été spacieux, mais maintenant, seule avec Fred, l'espace semblait particulièrement étroit. Lindsay se sentait inexplicablement timide et bien trop consciente que quelques mètres seulement les séparaient. Hier, ils avaient passé des heures seuls dans son appartement, où il n'y avait pas un bureau rempli de gens à une cloison chancelante de là, mais c'était différent. Plus confiné, peut-être, et quelque chose semblait l'attirer vers lui.

Lindsay chercha un autre endroit où poser ses yeux, qui tombèrent sur le calendrier accroché au mur à côté d'elle. Nous étions le 19 décembre. Plus que six jours pour tout finir.

Fred s'approcha d'elle.

– Tu as des rappels du temps partout, n'est-ce pas ? Tu t'inquiètes toujours de ce qui t'attend. Ce sur quoi tu dois te concentrer, c'est *le présent.* Sinon, tu vas passer à côté.

Il fouilla dans la poche de son pardessus.

– Là. Tu en auras besoin, là où nous allons.

Fred sortit une autre écharpe, rouge et blanc celle-là, et la drapa d'un geste sur ses épaules.

Il dégagea ses cheveux coincés sous le foulard, la chaleur de ses doigts effleurant légèrement sa nuque. Lindsay retint un frisson agréable.

Les doigts de Fred s'attardèrent dans ses cheveux avant de les laisser retomber en place, et son expression était inhabituellement sérieuse. Son visage était proche du sien tandis qu'il s'affairait à redresser l'écharpe, ses yeux plantés dans les siens. Que voyait-il là, et à quoi pensait-il ? Elle se força à respirer lentement, profondément, de peur de bouger, de peur qu'il ne sache ce qu'*elle* pensait. Tout ce qu'elle avait à faire, c'était de pencher un peu la tête en arrière pour tendre sa bouche vers la sienne… et se ridiculiser complètement.

Au lieu de cela, Lindsay baissa les yeux pour étudier l'écharpe – un tissage plus délicat que celui de Fred, fait d'un fil si doux qu'il aurait pu fondre entre ses doigts. Elle était blanche avec de fines rayures rouges, assortie aux boucles d'oreilles en forme de sucre d'orge.

– Merci.

Rompre le silence semblait rompre le charme.

– Cela te va bien.

Fred recula pour lui laisser encore un moment de contemplation, puis lui sourit en l'approuvant.

– Prête à partir ?

– Nous devrions peut-être demander à Jeanne de venir avec nous. Qu'est-ce que tu en dis ?

Les mots étaient sortis de sa bouche sans crier gare. Mais quelque chose lui disait qu'il serait peut-être judicieux de ne pas passer trop de temps seule avec Fred.

Il sembla y réfléchir.

– Non, restons tous les deux ce soir. Nous avons beaucoup de chemin à parcourir.

Une demi-heure plus tard, Lindsay se retrouva aux côtés de Fred dans un traîneau ouvert tiré par un cheval.

Bon, d'accord, un cheval et une voiture. Mais les clochettes sur les brides du cheval tintaient comme dans la chanson. Des rebords de neige blanche les entouraient des deux côtés de la route, amoncelés par le travail du chasse-neige de la veille. Il neigeait beaucoup plus dans la région des lacs, située à seulement vingt minutes de chez Lindsay, que dans son quartier, parce qu'elle était située à une altitude plus élevée. Et contrairement à la neige de son quartier, celle-ci tiendrait tout l'hiver.

Lindsay regarda par-dessus son épaule pour s'assurer que la rue pleine de voitures existait toujours derrière eux. C'était le cas. Mais la ville avait bouclé deux pâtés de maisons pour le festival de Noël dans les rues, de sorte qu'elle n'était ouverte qu'aux piétons et aux calèches. Les petites boutiques et les entreprises de ce quartier étaient toutes installées côte à côte, partageant une avenue qui faisait toute la longueur du pâté de maisons. Des guirlandes sans fin de petites lumières de Noël blanches étaient suspendues d'un magasin à l'autre. Les lampadaires, installés dix ans auparavant, mais conçus pour ressembler à leurs anciens cousins à gaz, étaient décorés de branches de sapin et de rubans rouges. La plupart des commerces du centre-ville avaient fermé en début de soirée, mais devant les magasins, les charrettes étaient chargées de marchandises que Lindsay s'efforçait d'apercevoir au passage. Les piétons s'affairaient, déterminés, ou se baladaient parmi les charrettes, bien emmitouflés contre le froid. Dans la calèche, il faisait encore plus froid, au-dessus du trottoir, sans aucune protection contre le vent. L'air glacial lui mordit les joues et elle s'emmitoufla dans la couverture en tissu épais.

Elle sentit le bras de Fred derrière elle, lui offrant un peu plus de chaleur. De la part de n'importe quel autre homme, le geste aurait semblé opportuniste. De la part de Fred, elle n'en était pas si sûre. À ce moment précis, Lindsay pensa qu'elle lui faisait plus confiance qu'à elle-même. Mais le fait de se pencher en avant pour éviter son bras la mettait mal à l'aise et lui donnait froid, alors elle finit par céder et s'appuya sur lui.

Bien sûr, avec le bras ferme et solide de Fred derrière ses épaules, une sensation de chaleur l'enveloppa. La manche du manteau de Fred dégageait un parfum masculin de laine, et Lindsay retint un soupir. Le confort que lui procurait Fred à ses côtés lui paraissait à la fois sûr et dangereux.

– Comment as-tu su ? lui demanda-t-elle.

– Ils organisent cet événement chaque année, la semaine précédant Noël. Tu ne le savais pas ?

– J'en avais entendu parler. Mais comment l'as-tu su ?

– Lorsqu'il s'agit de Noël, je sais tout. Je suppose que tu n'y es jamais allée ?

– Non.

Lindsay vit un léger pincement de sa bouche, comme s'il se mordait l'intérieur de la lèvre pour se retenir de dire quelque chose d'évident. C'était un regard qu'elle commençait à reconnaître.

– Vas-y, lui lança-t-elle comme un défi. Fais-moi la leçon.

– Qui apprend quoi que ce soit d'un cours magistral ?

La voiture s'arrêta. Fred descendit devant elle, puis resta au bord du trottoir et lui tendit la main. Il n'avait pas mis de haut-de-forme ce soir, mais il n'en avait pas besoin. Avec son pardessus noir anthracite et son écharpe rouge vif, éclairés par les lampadaires à l'ancienne, il s'intégrait parfaitement à la scène animée derrière lui. La main qu'il lui tendait était nue. Lindsay n'avait pas pensé à mettre des gants ; elle se doutait que Fred n'en avait pas besoin.

Bien sûr, sa main était chaude lorsqu'elle y glissa la sienne. Alors qu'elle descendait pour le rejoindre, un mélange de voix harmonieuses parvint à ses oreilles :

Noël approche, les oies engraissent. S'il te plaît, mets un penny dans le chapeau du Père Noël.

Lindsay jeta un coup d'œil sur le trottoir de gauche. Des chanteurs, en costume victorien. Aucun d'entre eux n'avait l'air aussi authentique que Fred, même sans sa chemise à jabot et son chapeau haut de forme.

Si tu n'as pas un penny, alors un ha'penny fera l'affaire. Si tu n'as pas un ha'penny, alors que Dieu te bénisse.

Fred garda la main de Lindsay dans la sienne pour l'aider à trouver son équilibre jusqu'à ce qu'elle pose les pieds sur le trottoir en contrebas. La température devait être proche de zéro, il était donc tout à fait possible qu'il y ait des plaques de verglas. Mais le béton sous les pieds de Lindsay était granuleux et solide. Elle ressentit une pointe de déception lorsqu'il lui lâcha la main, mais son sourire tint bon, même si le froid hivernal lui piquait les joues une fois de plus.

Les gens s'agitaient autour d'eux ; Lindsay se rapprocha de Fred pour les laisser passer.

– Par où veux-tu commencer ? lui demanda-t-il.

Désemparée, Lindsay regarda autour d'elle. Les chanteurs s'étaient arrêtés, sous les applaudissements, et Lindsay entendit le tintement des pièces de monnaie qu'ils récupéraient dans un gobelet en fer-blanc. Une agréable confusion d'arômes enveloppa ses sens : l'odeur sucrée des pâtisseries, mélangée à l'odeur toujours alléchante du chocolat ; des effluves de viande, de pain et de cidre de pomme épicé ; et une odeur très familière que Lindsay n'arrivait pas à identifier. Fumée, sucrée, légèrement âcre... elle s'immisçait dans sa mémoire, mais ne voulait pas la lâcher.

– Quelle est cette odeur ? demanda-t-elle, comme s'il pouvait savoir de laquelle elle parlait.

Un chariot en bois chargé de pâtisseries menaçait de lui rouler sur le bout des pieds, et Lindsay recula, cette fois plus près de la vitrine d'un magasin de chaussures fermé.

– Ne me dis pas que tu n'as jamais mangé de marrons grillés.

– *Voilà* ce que c'est !

Elle gloussa.

– J'ai essayé de les cuisiner une fois.

Il esquissa un sourire.

– Et ?

– Cela... n'a pas été une réussite.

La bouche de Fred s'agrandit encore pour former un autre de ses sourires.

– Qu'est-ce qui n'a pas marché ?

– Je suppose que j'aurais dû me renseigner avant sur *la façon* de les faire cuire. Je me suis dit que ce n'était pas si difficile que ça. Lindsay s'écarta pour laisser la place à un bambin enveloppé dans un gros manteau bleu, poursuivi de près par une mère protectrice.

– Je les ai donc mis au four, un ou deux à la fois, pour voir si ça marchait. Rien n'a marché. Au bout de quelques minutes, ils explosaient. Parfois ils étaient desséchés, parfois ils étaient baveux, mais ils ressemblaient tous à des cervelles de singes.

Fred éclata de rire.

– Alors, tu ne sais pas ce que tu rates.

Il la prit doucement par le coude – une habitude qui, elle devait l'admettre, commençait à ne plus lui déplaire – et la conduisit vers la droite.

– Découvrons ce que tu penses des vrais marrons.

Il la guida sans faille vers l'un des nombreux chariots de la rue. De toute évidence, c'était le bon ; plus ils se rapprochaient, plus l'odeur devenait forte.

– Tu cuisines beaucoup, n'est-ce pas ? dit-il.

– Pas exactement. Je fais surtout de la pâtisserie. Des gâteaux, des biscuits. Puis je suis capable de faire réchauffer un plat surgelé. Je n'ai jamais appris à cuisiner quoi que ce soit de bon pour moi.

– Nous sommes donc quittes. Je ne mange jamais rien qui soit bon pour moi.

Ils arrivèrent près du vendeur, un petit homme basané qui aurait probablement gelé sur place s'il n'y avait pas eu la fumée des marrons.

– Deux parts, s'il vous plaît, dit Fred.

Ils reçurent deux cônes de papier blanc remplis de noix à l'odeur étrange. Lindsay n'avait pas encore décidé si l'odeur était agréable ou désagréable, mais elle était puissante.

Et le cône était délicieusement chaud. Elle l'entoura de ses mains.

Fred paya les marrons. Il avait aussi payé la promenade en calèche, pendant que Lindsay fouillait dans son sac à la recherche de son portefeuille. Elle avait trouvé étrange que non seulement il ait de la monnaie américaine moderne, mais qu'il n'ait aucun mal à l'utiliser.

– Fred, comment fais-tu…

– Essaie tes cervelles de singes, avant qu'elles ne refroidissent.

Lindsay éplucha timidement une coque, si fine qu'elle ressemblait à une peau. À l'intérieur, le marron avait l'air sombre et ratatiné, pas très différent de ceux qui étaient sortis de son four. Elle en prit un et trouva la saveur plus torréfiée que celle des marrons qu'elle avait essayé de cuisiner chez elle, mais elle ne savait toujours pas si elle aimait ou non.

Fred la regardait de sa hauteur.

– Alors ? Qu'en penses-tu ?

Elle n'avait pas vu un homme aussi préoccupé par ce qu'elle ressentait depuis que Phil l'avait renvoyée chez elle pour une angine à streptocoques l'année passée. Du moins, pas jusqu'à ce qu'elle s'évanouisse dans son propre appartement quelques nuits auparavant.

– Je n'en suis pas sûre.

Elle en essaya un autre. Ils poursuivirent le long du trottoir bondé, et Lindsay mangea un marron après l'autre pendant qu'elle essayait de se décider.

Elle ne savait jamais dans quelle direction regarder.

Ils s'arrêtèrent à quelques-uns des innombrables chariots qui vendaient un assortiment de décorations de Noël faites à la main, de bougies et d'autres cadeaux. Ils regardèrent la fin d'un spectacle de marionnettes pour enfants intitulé *La Nuit avant Noël*, et un groupe d'une demi-douzaine d'hommes et de femmes qui jouaient « Ding Dong Merrily on High » en agitant des cloches à la main. Puis, dans un petit kiosque situé au bout de la rue, Lindsay acheta le cadeau de Noël idéal pour sa mère : une délicate figurine de cerf, fabriquée en verre soufflé.

Cette découverte, à elle seule, aurait justifié le voyage. Mais elle ne pouvait pas, à elle seule, expliquer la légèreté que Lindsay ressentait. La jeune femme aurait dû être chez elle en train de rédiger des cartes de vœux. Et malgré la foule et le froid, lorsqu'ils atteignirent le bout de la rue où la petite fête s'interrompait, elle ressentit une vive déception. De là, une calèche les emmènerait jusqu'au parking, où sa Honda verte familière attendait. Elle hésitait à laisser ce petit monde derrière elle. Elle ne savait pas si c'était à cause de la fête ou de l'homme improbable et charmant qui se trouvait à ses côtés.

– Voici ce dont tu as besoin.

Une légère pression sur son coude la dirigea vers la porte ouverte d'un petit café. Lindsay sentit le souffle de sa chaleur avant même qu'ils n'entrent à l'intérieur. L'endroit était bondé de gens agglutinés autour des minuscules tables rondes. Pourtant, Fred trouva une place dans le café.

Une table vide à la fenêtre, et une serveuse arriva pour prendre leur commande avec une rapidité tout aussi surprenante.

– Un chocolat chaud ? proposa Fred en levant un sourcil vers elle.

– Oui, s'il te plaît.

Lindsay tourna des yeux pleins d'espoir vers la serveuse. Les rides autour du visage large et de la bouche de la dame n'invitaient pas à demander une commande spéciale, mais Lindsay prit une grande inspiration et essaya quand même.

– Et pourriez-vous ajouter une pincée de vanille ? Avec de la crème fouettée sur le dessus ?

Devant le regard las de la femme, elle regretta immédiatement sa demande. Jusqu'à ce que Fred ajoute avec un sourire :

– Et la même chose pour moi, s'il vous plaît.

La serveuse lui rendit son sourire, et son visage rajeunit de quinze ans.

– Pas de problème, dit-elle, et elle se dirigea vers le comptoir d'un pas léger.

Bon, d'accord, a pensé Lindsay, *j'avais dit s'il vous plaît aussi.*

Toujours souriant, Fred se cala dans la minuscule chaise droite en bois, réussissant tant bien que mal à la rendre confortable. Il croisa les bras.

– De la vanille. (Ses yeux brillaient d'amusement.) Je ne t'ai toujours pas cernée.

Tu m'as *cernée ?*

– C'est bon comme ça. Cela rend le chocolat chaud un peu plus riche.

– Oh, je n'en doute pas. C'est pour cela que j'ai commandé la même chose.

Il bascula légèrement sa chaise en arrière, un geste risqué selon Lindsay, étant donné la structure fragile de la chaise.

– Ta recette de caramel était également délicieuse. Le seul morceau que j'ai pu manger, en tout cas.

Ses sourcils redescendirent légèrement, mais pas assez pour éteindre son sourire.

– Tu sais vraiment comment ajouter ce petit quelque chose en plus, pour le rendre plus agréable.

On aurait dit un compliment. C'était peut-être ce qui faisait chauffer les joues de Lindsay, alors même qu'elle attendait que la partie négative de la phrase arrive. Au lieu de cela, il la regarda fixement jusqu'à ce qu'elle soit certaine qu'il pouvait lire en elle. Quand elle ne put plus, elle l'incita à le faire :

– Mais ?

Son regard fut attiré par-dessus son épaule, et Lindsay se retourna pour le suivre.

Un garçon, probablement âgé d'environ neuf ans, qui portait une boîte en carton repliée, se faufilait dans la rangée de tables le long de la fenêtre. Lindsay reconnut la boîte et savait qu'elle accueillerait bientôt deux nouvelles barres chocolatées. Un autre soir, le personnel du restaurant l'aurait peut-être renvoyé, mais dans l'effervescence du festival de Noël, personne ne s'y était opposé jusqu'à présent.

Le garçon atteignit leur table et posa la boîte sur le bord.

– Voulez-vous acheter une barre chocolatée ?

Ses yeux noisette et sa question s'adressaient à Lindsay, repérant sans doute la personne tendre qu'elle était. Elle prit son sac à main sur ses genoux.

Mais c'est Fred qui répondit le premier :

– Combien t'en reste-t-il ?

Le garçon jeta un coup d'œil dans sa boîte.

– Quatre.

– Je prendrai le tout.

Fred fouilla dans sa poche et paya le garçon, puis accepta les barres chocolatées.

– Tiens.

Il tendit au garçon une barre chocolatée enveloppée de blanc.

– Tu m'en as donné une de trop.

Le garçon compta les quatre barres chocolatées qui se trouvaient encore sur la table.

– Il n'y en avait que quatre.

– Alors, celle-ci doit être pour toi.

Fred lui fit un clin d'œil. Le garçon passa d'un coup d'œil de la barre chocolatée dans la main de Fred aux quatre barres qui se trouvaient sur la table.

– Comment avez-vous fait ?

– Tu as passé une bonne nuit de travail. Tu le mérites.

– Merci.

Le petit garçon ramassa son carton vide et observa Fred. Finalement, il déclara :

– J'ai un oncle qui peut retirer une pièce de vingt-cinq cents de mon oreille.

– Vraiment ?

Fred avait l'air étonné.

– C'est le tour le plus difficile à réaliser.

Lorsque le petit garçon partit avec sa boîte vide, il jeta un coup d'œil à Fred par-dessus son épaule, et ses yeux étaient bien plus ronds qu'ils ne l'étaient lorsqu'il était entré.

Chapitre 5

– Alors, dit Fred, il y a des gamins pauvres qui vendent des bonbons dans les rues, à notre époque ?

– Pas tout à fait.

Lindsay suivit le regard de Fred jusqu'à la vitre, derrière laquelle le garçon s'arrêta sur le trottoir pour un dernier regard sans complaisance avant de continuer sa route en s'éloignant du restaurant.

– Ici, ils sont obligés de le faire pour les collectes de fonds de l'école.

Elle fut prise d'une inquiétude soudaine. Dans le cadre festif de Noël, tout lui avait semblé si approprié qu'elle avait presque oublié les circonstances étranges qui avaient fait entrer Fred dans sa vie. Mais quelque part entre les mystérieuses barres chocolatées, la monnaie américaine moderne et la mention des enfants des rues, son esprit se remit à tourbillonner. Qui *était-il* ? Ou qu'est-ce qu'il était ? Alors que Fred ne la regardait plus, Lindsay se surprit à fixer ces traits lisses et impeccables.

Elle ne devrait pas lui poser la question. Surtout pas au milieu d'un café bondé. Mais personne ne semblait leur prêter attention.

Elle doutait que ses paroles ne portent loin dans le ronronnement régulier des bavardages.

– Fred, d'où viens-tu vraiment ?

Il se retourna vers elle, les sourcils levés.

– Encore une fois ? Je pensais que nous avions fait le tour de la question.

Lindsay n'allait pas se laisser faire aussi facilement. Les questions se bousculaient dans sa tête, et n'importe laquelle lui donnerait à coup sûr mal au crâne. Elle s'accrocha à la plus simple d'entre elles.

– Où trouves-tu de l'argent ?

Il haussa les épaules.

– C'est tout ? En général, je découvre que j'ai ce dont j'ai besoin. Maintenant, si je mettais la main à la poche parce que je pensais *avoir besoin* d'un acompte pour une Rolls-Royce, je pense que je serais déçu.

Il se pencha en arrière, laissant un bras reposer librement sur le dossier de sa chaise.

– Et moi qui pensais devoir expliquer quelque chose de compliqué, comme l'art de faire apparaître des barres chocolatées. Tu t'inquiètes pour les choses les plus étranges, Lindsay.

Peut-être parce qu'il était plus facile de penser à quelque chose de pratique comme l'était l'argent, qu'à la façon dont les barres chocolatées des collectes de fonds pouvaient se matérialiser à partir de rien.

Le sourire cajoleur de Fred s'estompa.

– As-tu souvent des maux de tête ?

Lindsay baissa la main de sa tempe, consciente seulement maintenant qu'elle la massait.

– Pas avant que tu n'arrives.

– Tout cela, c'est parce que tu es beaucoup trop sérieuse.

Sa voix effleurait ses oreilles comme du velours.

– Pourquoi ne pas accepter les choses telles qu'elles sont ? Tu devrais savoir maintenant que tu ne te débarrasseras pas de moi. Pas avant le 25 décembre, en tout cas.

Elle fut choquée par sa remarque.

– Qu'est-ce que…

Fred fit un signe de tête par-dessus son épaule.

– Voici exactement ce que le médecin a prescrit.

Lindsay leva les yeux pour voir leur serveuse arriver avec deux grands mugs en verre et à piédestal de chocolat chaud, garnis de crème fouettée. La femme posa les tasses et sourit. À Fred. Sa cuillerée de crème fouettée était nettement plus grosse que celle de la tasse de Lindsay.

La serveuse repartit. Sans mot dire, Fred fit glisser sa tasse sur la table en direction de Lindsay, prenant pour lui celle qui contenait le moins de crème fouettée. Il avait l'air de se mordre à nouveau l'intérieur de la lèvre, cette fois en essayant de retenir un sourire.

Lindsay soutint son regard solennel aussi longtemps qu'elle le put avant de céder et de sourire en secouant la tête. Son mal de tête commençait à s'estomper. Elle prit sa première gorgée de chocolat chaud, puis tint la tasse devant son visage tout en léchant rapidement la crème fouettée sur sa lèvre supérieure.

Fred réussit à boire sa première gorgée sans problème, et tant bien que mal, sans écoper d'une moustache de crème chantilly.

– Parfait.

Il posa sa tasse.

– Comment quelqu'un qui sait ajouter de la vanille au chocolat chaud peut-il avoir du mal à apprécier quelque chose d'aussi beau que Noël ?

Lindsay soupira.

– Je suppose que c'est à cause des délais.

Fred appuya son menton sur son poing, comme s'il écoutait un exposé fascinant.

– Je pense que c'est en partie quelque chose qui arrive quand tu es adulte. Quand j'étais enfant, je me souviens que je comptais les jours. Dix jours avant Noël me semblaient une éternité. Maintenant, c'est à peu près le moment où je commence à paniquer. Quand tu es enfant, tu profites simplement de Noël. Quand tu es adulte, cela se transforme en une grande liste de choses à faire. Les cartes, les cadeaux, les caramels…

– Je t'ai déjà dit ce que j'en pensais.

– Mais je ne peux pas arrêter de faire tout ça. Tout le monde penserait que je suis antisociale.

– Et ce ne serait pas amusant non plus. Si tu décidais de ne pas participer du tout, je te garantis que tu serais malheureuse. La clé est de trouver un bon équilibre. Des façons plus simples de faire les choses. Tu rends tout si difficile.

Il secoua la tête.

– Des enveloppes écrites à la main. Et je parie que chacune des notes doit être différente aussi, juste au cas où tante Betty appellerait tante Arline et lirait sa carte au téléphone.

La tasse de Lindsay s'arrêta sur le chemin de ses lèvres.

Ses yeux brillaient.

– Je le savais. Lindsay, penses-tu que l'enfant de Bethléem se soucie du nombre de cartes que tu envoies ou de l'arbre que tu choisis ? Ces choses sont censées t'aider à te souvenir des vacances, pas t'engloutir. C'est censé être une période de joie, et tu t'y attelles avec un but tellement sinistre. Je vais passer un joyeux Noël cette fois-ci, même si cela me tue...

Lindsay but une grande gorgée de son chocolat chaud. Mais elle ne pouvait se cacher derrière sa tasse plus longtemps. Lorsqu'elle l'abaissa, Fred l'observait, les yeux dubitatifs. Pour l'instant, toute trace de taquinerie semblait avoir disparu.

– Je viens de comprendre ce que tu es, déclara-t-il.

– Quoi ?

– Tu es un cadeau.

Il hocha la tête comme s'il était satisfait.

– Bien emballé, avec beaucoup de ruban adhésif, des tas de beaux rubans brillants, le tout noué dans des nœuds impossibles. Le genre de cadeau qui te rend à moitié fou quand tu essaies de l'ouvrir. Parce que tu sais, depuis le début, que ce qu'il y a à l'intérieur va être merveilleux.

Il l'étudia, si longuement et avec tant d'insistance qu'elle baissa la tête en se servant une cuillère de crème fouettée.

– Je te l'ai déjà dit, s'agaça-t-elle. Tu ne me connais pas.

– J'apprends à te connaître. Je déballe le présent.

Lorsqu'elle releva la tête, ses yeux étaient toujours posés sur elle. Il y avait quelque chose de lourd dans ce regard. Quelque chose de plus que de l'attention ou de l'intérêt. Il avait l'air...

Il secoua la tête, et ce quelque chose disparut.

– Excuse-moi. J'ai perdu le fil de mes pensées. Alors dis-moi. Quel est le plus beau cadeau de Noël que tu aies jamais reçu ?

Lindsay tressaillit.

– Le plus gentil ? Ou le meilleur ?

Il lui jeta un regard perplexe.

– Ton préféré.

– Le magnétophone était terriblement gentil, même si j'ai gâché la surprise. J'ai utilisé ce truc pendant des années, pour enregistrer des chansons à la radio. Et j'ai aussi appris quelque chose.

Elle tripota le fond de sa tasse.

– Tu avais raison. Je n'ai plus jamais ouvert avant la date mes cadeaux de Noël.

– Ce n'est donc pas cette année-là que Noël a perdu son charme pour toi.

– Doit-il s'agir d'une seule année ?

– Je suppose que non.

Lindsay sentit venir une question personnelle et essaya de l'esquiver.

– Et toi ? Quel est le plus beau cadeau de Noël que tu aies reçu ?

L'astuce fonctionna. Pour la première fois peut-être, Fred sembla pris au dépourvu.

– Moi ? Je n'ai pas beaucoup d'intérêt, ma chère.

– Qu'est-ce que tu veux dire ?

– Réfléchis. Suppose que quelqu'un m'ait donné un pull, et que mon prochain dossier me demande d'être un jockey. Ou un joueur de football. Ou un phoque dressé. Le pull ne m'irait jamais.

Elle ne put s'empêcher de sourire.

– Là, dit-il. *Ça*, c'est un cadeau que je peux emporter avec moi.

– Quoi ?

– Ton sourire.

Il souriait lui-même en le disant, mais quelque chose dans ses yeux était sérieux. Plus ils restaient assis l'un en face de l'autre, plus leurs regards semblaient se prolonger. Lindsay était allée chercher une autre boule de crème fouettée et s'aperçut qu'elle s'était dissoute en une fine mousse blanche sur le dessus de son chocolat chaud.

– Assez parlé de moi, reprit-il. Quelle est la place de Steven ?

La gorge de Lindsay se serra.

– Je ne veux pas en parler.

– Allez, dis-moi. Ça va faire très mauvais effet sur l'évaluation de mes performances. Peux-tu me rendre un service ?

Il toucha sa main. À peine. Il avait effleuré du bout des doigts la main de Lindsay posée sur la table, et son pouls s'emballa. Ce simple contact ramena les yeux de Lindsay vers les siens et l'empêcha de détourner le regard.

– Fais un petit pas vers moi.

Le bout de ses doigts suivit le tracé du dos de sa main, l'effleurant encore à peine.

– Dis-moi une chose sur Steven et je laisse tomber le sujet pour le reste de la soirée.

Lindsay se passa la langue sur les lèvres. Il la caressait comme ça, et elle était censée penser à Steven ?

– Laisse-moi deviner, lança-t-il en serrant légèrement sa main, les yeux brillants. Il mesure deux mètres, a des yeux rouges et des bras de la taille d'un tronc d'arbre.

– Non.

Au moins, la blague l'avait aidée à se souvenir de quelque chose à propos de Steven.

– Il a les yeux bleus.

– Trop facile. Ça ne compte pas.

Fred relâcha sa main.

– Lindsay, si tu pouvais te voir. On dirait une joueuse de poker qui essaie de toutes ses forces de placer la pire carte du jeu.

Au moins, maintenant qu'il a lâché sa main, elle put réfléchir. Un peu.

– Il était gentil.

Fred tambourina de ses doigts sur la table, les yeux fixés sur son visage, signe évident qu'elle n'allait pas s'en tirer à si bon compte.

– D'accord.

Lindsay essaya de réfléchir davantage. Fred attendait, sans bouger, manifestement prêt à écouter. Prêt, elle en était sûre, à compatir. Il avait automatiquement supposé qu'elle était la partie lésée, et aucune autre pensée ne semblait lui être venue à l'esprit. Il ne semblait voir que le bien en elle. Et n'était-ce pas ce qu'elle voulait que tout le monde voie ?

Si elle lui racontait un jour ce qui s'était vraiment passé, il ne la regarderait plus de cette façon. Cela ne devrait pas avoir d'importance. Mais quelque part, ces derniers jours, elle avait commencé à se soucier de ce qu'il pensait d'elle. Alors qu'il n'était même pas censé exister, et qu'elle ne devrait même pas être assise ici avec lui.

Elle déclara :

– Nous avons rompu quelques jours après Noël.

On aurait dit qu'elle dévoilait un grand pan de l'histoire. Mais ça ne révélait pas grand chose.

Et, comme prévu, le visage de Fred s'emplit de compassion.

– Cela explique beaucoup de choses.

Le chocolat chaud se transforma en lave brûlante dans son estomac. Lindsay fit glisser sa main de la table tandis que Fred se penchait en avant.

– D'accord, dit-il doucement. Je suis un homme de parole. Je ne t'en demande pas plus ce soir. Mais nous devrons en parler tôt ou tard, tu sais.

OK, il voulait la caser avec son ex-petit ami. Alors pourquoi continuait-il à lui lancer des regards qui menaçaient de faire fondre son cœur ?

– Que se passera-t-il si je ne suis pas d'accord avec tout cela ?

Il haussa les épaules et souleva à nouveau sa tasse.

– Je serais renvoyé, je suppose.

Ses yeux étaient sans ruse, un stratagème évident pour jouer sur sa sympathie.

– Renvoyé ? Qu'est-ce que cela signifie ?

– Ma chère, je n'en ai aucune idée. Banni en Mongolie, peut-être. Ou disparu dans une bouffée de fumée. Mais cela n'arrivera pas.

Elle fronça les sourcils.

– Comment le sais-tu ?

– Lindsay, détends-toi. Je n'ai jamais entendu parler d'une chose pareille.

Il leva sa tasse vers elle.

– Tu ne me laisseras pas tomber.

Lindsay grimaça intérieurement, et elle se demanda comment il pouvait être aussi sûr.

Le trottoir menant à l'appartement de Lindsay s'étendait en gris-blanc devant eux, grâce à la lune brillante au-dessus de leurs têtes et aux congères restantes de part et d'autre de la chaussée. Lindsay ralentit le pas, ne sachant pas trop à quoi s'attendre quand elle arriverait sur le trottoir.

Ils atteignirent le porche d'entrée. La scène lui rappelait trop un *blind date*, le genre de rendez-vous qui se termine généralement par ce clin d'œil maladroit sur le porche. Est-ce que la situation évoquait ce genre d'idée par association pour Fred ? Probablement pas. Après tout, il était peu probable que l'on puisse qualifier cette soirée non conventionnelle, quoique charmante, de rendez-vous. Pour Fred, c'était purement professionnel. C'est en tout cas ce qu'elle pensait.

Alors, que ferait Fred lorsqu'il arriverait à la porte ?

Qu'est-ce qu'elle *voulait* qu'il fasse ? Elle ne le savait pas.

Lindsay géra ce moment de la même façon qu'elle avait géré des moments similaires dans le passé. Elle devint bavarde.

– Je pense qu'il va encore neiger.

En effet, le calme vif laissait présager l'arrivée de nouvelles chutes de neige. Elle respira profondément, goûta l'air comme si elle était la plus grande météorologue du Colorado, capable d'évaluer le temps qu'il faisait du bout du nez.

– Mais ce n'est probablement pas pour ce soir.

– Tu veux faire un autre pari ?

Elle leva les yeux vers lui. C'était une erreur. Elle n'était pas prête à affronter l'impact de ses yeux sombres et de son sourire, même dans la pénombre. Mais même si elle était stupidement nerveuse, elle ne put s'empêcher de lui rendre son sourire.

– Tes paris sont truqués.

– Tu es en train de te rattraper, reconnut-il.

Ils avaient presque atteint la porte. Les clés. On y était. Lindsay baissa la tête et s'affaira à fouiller dans son sac à main, comme si ses compartiments offraient un endroit où se cacher.

– Alors, tu dis qu'il y aura de la neige ce soir ?

– Non.

Une pause réfléchie, ou du moins qui semblait réfléchie, tandis que Lindsay gardait les yeux fixés sur le porte-clés qu'elle venait de sortir de sous son portefeuille.

– Pas avant quelques jours. Mais je te prédis que tu auras un Noël blanc.

– Cela pourrait rendre difficile l'accès à la maison de mes parents.

– Un Noël blanc avec des routes dégagées, alors.

Pouvait-il commander la météo ? Elle s'était demandé, brièvement, si Fred pouvait avoir quelque chose à voir avec la tempête de neige qui les avait immobilisés la veille. Une autre question qu'elle ne voulait pas vraiment poser. Lindsay tâtonna avec ses clés, se concentrant de toutes ses forces pour introduire la bonne clé dans la serrure de la porte. C'était presque aussi difficile qu'elle essayait de le faire croire ; ses doigts étaient à moitié engourdis et la lumière du porche était éteinte.

– Oh, pour l'amour du ciel, laisse-moi faire, dit Fred.

S'il était nerveux, ou avait une idée des pensées qui tournaient dans sa tête, son ton ne le montrait pas. Il tendit la main vers la poignée de la porte, et Lindsay retira la sienne comme si elle esquivait le feu.

Il ouvrit la porte et, à la surprise de Lindsay, la dépassa pour entrer. Au début, cela lui apparut comme une violation sans précédent de son étiquette habituelle de gentleman. Mais non. Fred semblait exercer un rituel viril encore plus ancien : vérifier que la maisonnée n'était pas envahie par des intrus.

Il alluma la lumière de l'entrée – celle où il avait accroché le gui – et lui fit signe d'entrer. Puis il s'éloigna en contournant le gui et alluma l'une après l'autre le reste des lumières. D'abord, dans le salon, en commençant par les lumières de son arbre de Noël. Puis dans la cuisine. Et enfin, au bout du couloir, dans la chambre à coucher.

Lindsay passa devant le gui dangereux et attendit le retour de Fred à côté du canapé. Il était hors de question qu'elle le suive dans la chambre.

Avait-il vraiment ressenti le besoin de vérifier l'appartement, ou était-il possible qu'il soit aussi peu assuré qu'elle ?

Il revint de la chambre avec un sourire, éteignant les lumières derrière lui au passage.

– Rien à signaler. Il n'y a même pas de monstres sous le lit. J'ai vérifié.

Comme si elle lui avait demandé de le faire.

Il avait évité de justesse la tradition du porche d'entrée. Mais maintenant, il devait encore trouver le moyen de sortir de son appartement. Lindsay aurait trouvé cela amusant, si son cœur n'avait pas vibré dans sa gorge. Et à ce stade, elle commençait à se sentir un peu insultée. *Allez, Fred*, ricana un petit démon chatouilleux dans son cerveau. *Ce n'est pas comme si j'avais la peste bubonique ou quelque chose comme ça.*

Il se tenait au bord de son salon, à deux pas de Lindsay et à plusieurs longues enjambées de la porte d'entrée. Fred regarda sa silhouette, puis la porte. Il allait devoir repasser devant le gui pour l'atteindre. Ses yeux revinrent sur Lindsay. Et s'attarda sur elle.

Il savait, c'était vrai. Le poids de ce regard menaçait de la clouer sur place pour l'éternité, ou du moins jusqu'à ce qu'elle s'écroule sur le sol. Lindsay se sentait attirée par ce regard noir, tentée de faire un pas en avant et de combler une partie de l'espace qui les séparait. Mais il faudrait que ce soit lui qui agisse, car pour l'instant, ses jambes ne semblaient pas capables de faire ce qu'elle leur disait.

– As-tu passé une bonne soirée ?

Sa voix n'était pas plus faible que d'habitude, pourtant Lindsay avait la sensation d'un murmure intime.

– Oui.

Elle devait désespérément vouloir combler le silence qui s'installait, car elle s'entendit baragouiner :

– J'aimerais que ce ne soit pas que du business.

Idiot.

– Du business ? Pour moi, ça n'existe pas.

Il s'avança. Il était maintenant à moins d'une longueur de bras.

– Ce n'est pas un hasard. J'ai été choisi pour ton cas pour une raison très spéciale.

En tendant la main, il passa légèrement le bout d'un doigt le long de sa joue, comme un supplice.

– Crois-moi, il n'y a pas d'autre endroit où j'aurais préféré être ce soir.

Elle le crut spontanément. Ces lourds yeux sombres ne contenaient aucune trace d'artifice.

Son doigt s'attarda sur sa joue. Un seul doigt, et il menaçait d'être sa perte. Lindsay ferma les yeux à moitié, prête à affronter la suite des événements.

C'était du moins ce qu'elle pensait.

– Je ne t'ai pas encore donné ma leçon sur la façon d'apprécier un arbre de Noël, n'est-ce pas ? dit-il alors.

Son ton était beaucoup plus badin, ce qui poussa Lindsay à rouvrir les yeux.

– Je ne crois pas.

– Permets-moi de formuler la question de la façon suivante : as-tu pris le temps de regarder ton sapin depuis que nous l'avons installé ?

– Je suis à peine rentrée à la maison.

– Dans ce cas, tu passes à côté de quelque chose. Et tu ne laisses pas ton arbre remplir sa mission. Je vais te montrer ce que je veux dire.

Tout signe d'hésitation ayant disparu, il la prit par les épaules et la dirigea vers le canapé, appuyant doucement, mais fermement, sur son dos jusqu'à ce qu'elle s'asseye. Elle était trop troublée pour résister. Fred traversa la pièce pour éteindre l'interrupteur principal. À présent, le seul éclairage provenait des guirlandes lumineuses du sapin et d'une faible lueur provenant de la cuisine. Fred se percha sur le bras du canapé, à côté d'elle, mais légèrement en retrait, juste hors de son champ de vision. Il posa à nouveau ses mains sur ses épaules.

– J'avais presque oublié. Musique.

Lindsay sentit un mouvement derrière elle, comme s'il avait acquiescé, et sa chaîne stéréo se mit en marche. Lindsay fit un bond sous ses mains.

– Désolé, s'excusa-t-il, en lui serrant légèrement les épaules. C'est la seule façon pour moi de maîtriser ta stéréo.

Le CD qu'elle avait laissé la veille dans le lecteur démarra, un air de guitare acoustique, « *The first Christmas* ».

– C'est un bon choix, murmura-t-il.

Il lui massa légèrement les épaules, comme s'il pouvait sentir la tension qui y régnait.

– Détends-toi. Un peu de magie à Noël n'est pas si étrange. N'oublie pas que tout Noël est construit sur l'événement le plus magique qui ait jamais eu lieu.

– Qu'est-ce que tu…

– Chut. Rappelle-toi, reste à regarder le sapin.

Lindsay était bloquée sur les voyants bleus sur la façade de sa chaîne stéréo. Elle détourna son regard et se concentra sur le sapin.

– Maintenant, dit-il.

Sa voix était apaisante, tout comme la chaleur de son souffle au-dessus de sa tête.

– Voici la partie la plus difficile pour toi. Ne pense pas. C'est-à-dire, ne pense pas au travail, ni à l'envoi des cartes, ni aux achats à faire. Pense à ce premier Noël. À tous les meilleurs Noëls que tu as connus. Petits moments, grands moments. Cette année, l'année dernière… Tout cela fait partie d'un grand ensemble et c'est beau. Laisse-toi envahir. Ressens-le. Apprécie-le.

Les mains de Fred s'immobilisèrent sur ses épaules. La pièce sembla se figer elle aussi, à l'exception des chants de Noël qui jouaient doucement en arrière-plan. Il semblait n'y avoir rien d'autre à faire que de s'abreuver de la vue du sapin de Noël. Ses ampoules brillantes, la principale source de lumière dans la pièce, rayonnaient pour la première fois.

La lumière de la chambre illuminait ses décorations de Noël, les nouvelles et les anciennes, dans un méli-mélo désordonné. Rudolph, les ballerines et la vieille étoile argentée au sommet du sapin. L'odeur fraîche du pin, la pression douce des mains de Fred sur ses épaules, la mélodie apaisante de Noël. Tout cela faisait partie de ce moment, et tandis qu'elle regardait à travers la pièce, Lindsay laissa ses yeux se déconcentrer légèrement pour que le sapin ne soit plus qu'un agréable flou de couleurs.

– Là.

La voix de baryton caressait ses oreilles, et Lindsay ressentit une plénitude rare. Elle ne savait pas vraiment d'où cela venait, de l'homme derrière elle ou de l'arbre devant elle, mais elle avait l'impression qu'elle pourrait rester assise ici, heure après heure, et que pas une minute de temps ne passerait.

Elle se rendit compte qu'elle était complètement immergée dans le présent. Elle ne sut pas combien de temps ils restèrent assis comme cela avant que Fred ne bouge, lentement, comme s'il avait peur de la déranger. Lorsqu'elle se retourna, ses mains se posèrent à nouveau sur elle, diffusant leur calme sur ses épaules une fois de plus.

– Ne bouge pas, murmura-t-il.

Il se pencha en avant, et Lindsay sentit le frôlement d'un baiser sur sa tempe.

– Bonne nuit, ma chère.

Son baiser et sa voix à son oreille la firent frissonner. Elle n'aurait jamais pensé qu'un frisson pouvait être chaud, mais celui-ci l'était.

Il se leva, et l'espace où il se tenait devint froid et vacant derrière elle. Lindsay essaya de bouger, mais ses membres semblaient s'être transformés en guimauves et ne voulaient pas lui obéir.

Avant même qu'elle n'ait pu faire mine de se lever, elle entendit la porte d'entrée se refermer derrière lui.

Il ne s'attendait pas à être convoqué au siège de manière aussi abrupte.

D'habitude, il se présentait de son propre chef. Ce qu'il n'avait pas fait ces deux derniers jours, à bien y réfléchir. Pas depuis qu'ils lui avaient donné des instructions concernant Lindsay et Steven.

Un instant, il se promenait dans la rue, loin de l'appartement de Lindsay. L'instant d'après, il ne l'était plus.

– *Où en est le dossier Lindsay Miller ?*

Son superviseur ne perdait pas de temps.

– *Ça se passe bien.*

Il ordonna ses pensées, tout en essayant de s'adapter. Ce n'était pas comme ça qu'ils procédaient d'habitude ; le fait d'avoir été projeté hors du monde physique sans avertissement l'avait laissé désorienté.

– *Je pense que nous avons fait de bons progrès ce soir.*

– *Je l'espère. Le temps presse. Quel genre de progrès ?*

Il constata, une fois de plus, qu'il ne voulait pas partager les détails. Depuis quand le quartier général faisait-il du micromanagement ?

– *Je pense qu'elle commence à voir l'intérêt de se concentrer sur le présent.*

Voilà. Il ne put se retenir de partager sa satisfaction sur ce point.

– *Qu'en est-il du passé ?*

Il hésita, eut envie de prendre une grande inspiration. C'est étrange, d'avoir envie de respirer alors que vous n'avez pas de corps à ce moment-là.

Son superviseur lui rappela :

– *Avant de pouvoir vraiment vivre dans le présent, elle doit corriger ses erreurs passées.*

– *Le passé la fait courir dans l'autre sens. Il ne serait pas sage d'insister…*

– *Peut-être dois-tu encore gagner sa confiance. Peut-être se méfie-t-elle de tes intentions.*

Cette fois, il ressentit vraiment le besoin de lutter pour respirer. Il se lança :

– *Mes intentions sont aussi pures que le jour est long…*

Puis il se mit à haleter, aspirant des bouffées de l'air froid qui l'entourait soudain. Il fut surpris de voir à quel point il était soulagé d'être à nouveau solide, même si cet état le laissait plié en deux et haletant. Il était de retour devant la porte de Lindsay. La lumière du porche était éteinte, et il pensa d'abord qu'elle s'était retirée pour la nuit. Mais non. L'arbre de Noël illuminé brillait à travers la fenêtre du salon, ainsi qu'une autre lumière.

Fred recula, trahi par son pas sur la neige qui crissait. Un pas ? Il n'avait pas besoin de pieds, pas ici. Il n'avait même pas besoin de son corps. Il avait été brusquement replongé dedans, aussi soudainement que son corps lui avait été enlevé.

Cela ne s'était *jamais* produit de cette façon auparavant.

Il recula à nouveau, plus silencieusement cette fois. Il était simple de repartir ou de rester là sans se montrer – il suffisait de le souhaiter –, mais il s'aperçut qu'il avait envie de mieux la voir, à travers cette fenêtre éclairée.

Puis la porte d'entrée s'ouvrit, le claquement du bois dans le montant retentit comme un coup de fusil. Elle avait entendu quelque chose, probablement sa respiration sifflante asthmatique lorsqu'il était réapparu sous son porche. Il quitta à nouveau sa forme physique avant que la porte ne s'ouvre.

Elle ne s'ouvrit pas très grand. Il pouvait voir son visage à l'intérieur, essayant de regarder dehors sans faire un pas en avant. Avait-elle si peur de lui ? Ou de la menace d'un intrus inconnu ?

Elle ouvrit la porte un peu plus grand pour sortir la tête. La lumière du porche s'alluma tardivement, baignant sa tête d'une légère lueur dorée.

– Il y a quelqu'un ?

Les yeux de Lindsay fouillèrent l'obscurité au-delà de la lumière du porche, les yeux directement fixés sur l'endroit où il se serait tenu, s'il avait été debout. Coïncidence ? Elle fixa l'endroit un moment puis elle fit un pas en avant, serrant ses bras autour de son pull rouge vif. Il lui semblait que c'était la chose la plus naturelle au monde de tendre la main vers elle, pour apaiser le froid et l'appréhension. Sauf, bien sûr, qu'apparaître devant elle lui ferait pousser des hurlements et la ferait se réfugier à l'intérieur et détruirait tout le travail qu'il avait accompli jusqu'à présent.

Elle avait l'air si seule. Dans l'appartement derrière elle, il vit quelques cartes éparpillées sur le sol, comme si elles avaient dégringolé du plateau lorsqu'elle s'était levée. Cela lui donnait une bonne idée de ce qu'elle avait fait depuis son départ.

Les yeux de Lindsay s'attardèrent sur son emplacement pendant encore plusieurs secondes. Puis elle s'esquiva et referma la porte, qui n'avait jamais été ouverte de plus de trente centimères.

Elle aurait juré avoir entendu quelqu'un à l'extérieur.

Lindsay verrouilla la porte et retourna vers le plateau de cartes, mais elle n'avait plus envie de s'asseoir. Peut-être avait-elle imaginé des bruits pour se soustraire à la tâche. En tout cas, elle n'avait pas beaucoup avancé.

Fred faisait peut-être ressortir son esprit de Noël, mais il ne l'aidait pas à se concentrer. Elle fit un détour par le réfrigérateur et le carton de lait de poule. Il était périmé depuis la veille. Lindsay en renifla le contenu, décida de tenter sa chance et se servit une tasse. Elle ajouta de la noix de muscade et prit une gorgée prudente. C'était toujours bon.

Elle retourna dans le salon et s'assit près du feu, réalisant que Fred approuverait. Il lui collait à la peau, comme une sorte de suggestion posthypnotique. Bah, certainement, suivre un bon conseil ne pouvait pas être une mauvaise idée.

Lindsay contempla le sapin. Cette partie était plus difficile à retrouver. Il y avait maintenant beaucoup trop de lumières allumées. Et cette fois-ci, elle n'avait pas de mains chaudes sur ses épaules, de voix apaisante ou de doux baiser à côté de son oreille.

Elle sirota à nouveau son lait de poule, lentement, et essaya de faire taire les pensées bourdonnantes dans sa tête.

Cartes. Achats. Arbre de Noël. Lumières brillantes.

Fred…

Steven.

Il attendait là, au fond de son esprit, comme une facture à régler. Si Fred était vraiment là pour qu'elle arrange les choses avec Steven, c'était un prix élevé à payer. Et elle n'arrivait pas à imaginer comment elle s'y prendrait.

Avait-elle vraiment fait une erreur dix ans auparavant ? Elle savait qu'elle avait mal géré la fin de leur relation, et elle devait admettre que ce serait bien de savoir comment Steven allait maintenant. Mais malgré toutes les fois où elle s'était interrogée sur lui, elle n'avait jamais vraiment pensé à reprendre une relation avec lui. Elle espérait simplement ne pas l'avoir blessé.

Au cours des années qui s'étaient écoulées depuis, les rencontres qu'elle avait faites avaient ressemblé à tremper son orteil dans l'eau pour ensuite le retirer. Elle ne voulait pas aller trop loin, elle ne voulait pas commencer une histoire qu'elle ne pourrait pas poursuivre. Lindsay soupira, prit une autre gorgée de son lait de poule et réalisa qu'elle ne voyait même pas le sapin, bien que ses yeux soient posés sur lui. Elle avait besoin de quelque chose de plus distrayant. Elle saisit la télécommande et alluma le téléviseur.

Ils passaient *Un chant de Noël* à nouveau. Ce n'était pas une surprise. Deux versions différentes, en fait. Elle ne pourrait plus jamais voir ce film de la même façon, quelle que soit l'apparence de Fred. Lindsay fit défiler les chaînes, à la recherche d'un film plus éloigné d'elle. *La vie est belle* ? Trop de regrets. *Miracle sur la 34ᵉ rue*, mettant en scène une femme cynique et carriériste qui ne croyait ni à l'amour ni au père Noël… non, pas ce soir.

Finalement, elle tomba sur une vieille émission spéciale sur Bing Crosby. C'est ce qu'il lui fallait. Lindsay monta le volume, replia ses pieds sous elle et fit de son mieux pour ignorer les cartes de Noël.

Chapitre 6

Le lendemain matin, Lindsay se rendit à son bureau à neuf heures précises. À neuf heures cinq minutes, une main tomba de nulle part sur sa pile de papiers. Et une énorme bague en diamant de taille carrée s'afficha.

Elle leva les yeux de la main pour trouver le visage de Jeanne, qui scintillait lui aussi.

– Qu'est-ce que… ?

Lindsay se leva et fit rouler sa chaise en arrière. Ses yeux allaient du brillant au visage de Jeanne.

– Brad ?

Jeanne hocha la tête, toujours rayonnante.

– Je suppose qu'il a décidé de ne pas se ruiner pour Noël après tout.

– Félicitations !

Lindsay serra son amie dans ses bras, essayant encore d'assimiler la nouvelle. Elle n'avait rencontré Brad qu'une ou deux fois, et il n'aurait pas été son premier choix, avec son penchant pour le sport à la télé, les hamburgers bon marché et les disputes soudaines. Mais si Jeanne était heureuse, elle l'était aussi.

Lindsay se demanda, fugitivement, si l'énorme pierre carrée était un zircon, puis elle chassa cette idée. *Tant que Jeanne est heureuse*, se rappela-t-elle.

Elle recula, laissant son amie respirer.

– Raconte-moi comment ça s'est passé ! Tu t'y attendais ?

Jeanne secoua la tête, souriant toujours d'une oreille à l'autre.

– Jamais de la vie.

Et Lindsay la vit. Ou du moins, c'est ce qu'elle crut voir. Une ombre fugitive, juste en dessous de l'éclat des yeux de Jeanne. Lindsay ressentit un frisson de reconnaissance lorsque Jeanne continua :

– Nous étions sur le point d'aller dîner. Il a simplement fouillé dans sa poche et en a sorti cette boîte en velours noir.

Les détails devinrent flous dans l'oreille de Lindsay. Parce que lorsque quelqu'un vous surprend avec une boîte s'ouvrant sur une bague en diamant, elle savait par expérience qu'il n'y avait qu'une seule explication qui venait facilement.

– Et que dire d'autre ? termina Jeanne, avec le même grand sourire bien en place.

Plus Lindsay la regardait, plus elle sentait une ombre sous-jacente derrière ce sourire.

L'effort qui se cachait derrière lui. Cette lueur de doute.

Il se pouvait qu'elle l'ait imaginée.

– Je n'ai jamais été aussi surprise de ma vie, ajouta Jeanne.

Non, ce n'était pas son imagination.

Lindsay continua également de sourire. Elle ne savait pas quoi faire d'autre.

Cette impression la poursuivit toute la matinée. Pas seulement la vision de Jeanne apportant des boissons et des chips à une patate vautrée sur le canapé qui ne dirait même pas « Merci », parce qu'après tout, Lindsay n'en savait rien, si le mariage de Jeanne se déroulerait de cette façon. C'est juste qu'elle avait de fortes présomptions.

Ce qui la gênait vraiment, c'était le soupçon lancinant que Jeanne savait, au fond d'elle-même, qu'elle faisait une erreur. Une erreur que Jeanne ne voulait admettre auprès de personne, et surtout pas d'elle-même. La même erreur que Lindsay avait failli commettre avec Steven il y avait dix ans, avant de lui rendre sa bague et de s'enfuir.

Elle avait résolu son problème, d'accord. Et la façon dont elle l'avait fait garantissait que Steven ne voudrait plus jamais la voir. Une fin minable pour une relation agréable de quatre ans.

Agréable. Voilà un mot bien fade. Est-ce que c'était le problème depuis le début ?

Lindsay essaya de se remémorer les moments passés avec Steven alors qu'elle s'affairait à son travail de la matinée. Quatre ans de vie commune et elle ne se souvenait pas d'une seule dispute. Il était prévenant et fiable. Ils s'étaient plaints des mêmes professeurs, avaient vu les mêmes films ensemble et, plus souvent qu'à leur tour, ils s'étaient aidés à décorer leurs arbres de Noël respectifs. *Agréable.* Pourquoi ne serait-ce pas bien ?

Lindsay pensa au petit courant électrique qui était passé entre Fred et elle, rien qu'au frôlement de son doigt sur sa joue. Puis la satisfaction paisible de contempler le sapin avec ses mains posées sur ses épaules. Faire du caramel, marcher ensemble sur un trottoir enneigé… tout cela était sûrement *agréable* aussi. Mais il y avait un truc en plus.

Maintenant, elle comparait Steven à un Anglais qui avait surgi de nulle part dans sa vie. Comme si quelque chose de réel pouvait en sortir.

Même si elle avait raison au sujet de Jeanne, qui était-elle pour donner des conseils aux autres ?

Lindsay soupira et regarda sa montre. Bientôt l'heure du déjeuner. Elle n'irait pas manger thaïlandais aujourd'hui ; c'était un luxe rare, et Jeanne avait rendez-vous avec Brad pour fêter la nouvelle. Lindsay ouvrit son tiroir et regarda le sandwich qu'elle avait apporté la veille, mais le beurre de cacahuètes semblait bien moins tentant que la possibilité de s'échapper du bureau pendant un moment. Peut-être qu'un changement de décor l'aiderait à oublier les pensées d'anciens petits amis, les bagues en diamant scintillantes et ce soupçon d'obscurité dans le sourire de Jeanne.

Lindsay se rendit à l'aire de restauration du centre commercial voisin. Elle pourrait y trouver de la nourriture rapide, et peut-être parviendrait-elle à faire quelques achats de Noël après avoir englouti ses nuggets de poulet.

Comme on pouvait s'y attendre, à une date aussi proche de Noël, l'endroit était bondé. Pendant que Lindsay faisait la queue, elle révisa mentalement sa liste de cadeaux : Jeanne, Phil, Evelyn, Matt… Qu'est-ce qu'elle pourrait bien trouver qu'elle ne leur avait pas déjà offert par le passé ? Il était de plus en plus difficile chaque année de trouver une nouvelle idée. Et chaque année, il lui semblait qu'elle se rapprochait un peu plus de la falaise. C'était peut-être l'année où elle devrait acheter des cartes-cadeaux et en finir.

La musique d'ambiance du centre commercial lui parvint aux oreilles, chantant qu'il fallait devenir un peu plus maigre, un peu plus vieux, un peu plus triste… un peu plus froid.

Génial. Maintenant, même Johnny Mathis s'en prenait à elle.

Lindsay fit la queue, se retourna pour chercher un siège, et son plateau chargé faillit entrer en collision avec un pardessus noir anthracite familier.

Fred retint le plateau alors que Lindsay chancelait et perdait l'équilibre.

Un seul coup d'œil lui indiqua que ce n'est plus la même femme que celle qu'il avait laissée assise, satisfaite, sur son canapé hier soir. Ses yeux – ce gris clair qui lui rappelait habituellement les flocons de neige – ressemblaient plus à des nuages de tempête aujourd'hui, troublés et ombrageux. Fred sentit sa propre humeur s'assombrir légèrement, et c'était une sensation qui lui était étrangère. Mais il n'aimait pas la voir si troublée.

Lindsay releva à peine les yeux vers lui.

– Pas maintenant, Fred, dit-elle, et elle reprit son plateau.

Pas bon. Pas bon du tout. Elle n'avait même pas l'air surprise de le voir. Soit elle était en train de devenir très blasée, soit quelque chose la contrariait vraiment. Il essaya de ne pas s'attarder sur le fait que son humeur le déstabilisait, ou sur ce que sa propre réaction pouvait signifier.

Il tint fermement le plateau.

– Pas si vite. Qu'est-ce qui ne va pas ?

Elle tira de nouveau sur le plateau.

– Fred, sérieusement. Je ne suis pas d'humeur.

– Je vois ça. Qu'est-ce qu'il y a ?

– Je ne veux pas en parler.

Cela pourrait s'avérer une occasion splendide de découvrir les démons intérieurs de Lindsay, mais ce n'est pas ce qui le poussa à maintenir sa prise sur son plateau avec autant de ténacité. Il n'aimait pas ce regard trouble dans ses yeux, comme si elle ne le voyait pas du tout. Ce pli troublé entre ses sourcils. Les rides créées par les éclats de rire, c'était bien, mais ce pli n'avait rien à faire là. Il avait envie de le faire disparaître, comme s'il pouvait l'effacer avec son pouce.

Il s'accrocha à son regard aussi fermement qu'il le pouvait.

– Asseyons-nous.

Lindsay sembla se reprendre et elle abandonna le plateau. Bien. Il l'avait touchée, au moins un peu.

Trouver une place assise dans cette foule pouvait s'avérer délicat. L'aire de restauration ressemblait à un parking de tables, avec à peine plus d'espace entre elles que pour les voitures garées. Mais c'était un problème bien plus facile à résoudre que l'humeur troublée de Lindsay. À quelques mètres de là, Fred aperçut deux jeunes femmes.

Un instant plus tard, elles se levèrent toutes les deux, continuant à bavarder, sans jamais être conscientes de son regard. Fred tendit une des chaises nouvellement libérées à Lindsay, et prit place en face d'elle.

Elle arrangeait les objets sur le plateau en plastique brun devant elle. Puis leva les yeux.

– Comment m'as-tu trouvée ici ?

Encore des détails sans importance.

– Peut-être parce que tu avais besoin de moi. Je suis là pour toi, tu te souviens ?

Les cils brun clair s'abaissèrent. C'était le signe qu'elle avait quelque chose à dire et qu'elle ne voulait pas le dire.

Il repoussa la tentation de lui prendre la main.

– Alors, c'est quoi ce truc dont tu ne veux pas parler ?

Elle mordit dans l'un des étranges morceaux panés de son plateau un peu plus férocement qu'il ne semblait nécessaire.

– Je viens d'apprendre que Jeanne va se marier.

– Et ?

Elle fixa le morceau pané qui lui restait dans la main, comme si elle se demandait elle aussi ce que c'était.

– Je pense qu'elle fait peut-être une erreur.

– Comment cela se fait-il ?

Lindsay haussa les épaules.

– Je ne pense pas qu'il soit fait pour elle, c'est tout.

– Comment le sais-tu ?

Elle croisa son regard pour la première fois depuis qu'ils s'étaient assis.

– Fred, c'est le type dont elle craignait qu'il ne rompe avec elle juste pour économiser de l'argent sur un cadeau de Noël. Il ne l'a même pas accompagnée à la fête de l'entreprise. Il était probablement chez lui en train de regarder un match de football.

Le reste de la bouchée connut le même sort violent que la précédente.

– Je ne comprends pas. Tu es contrariée parce que ton amie gâche sa vie pour un idiot qui regarde des émissions sportives ? Ça ressemble au destin de la moitié des femmes américaines pour moi.

Elle haussa les sourcils.

– Les Britanniques sont-ils meilleurs ?

– Tu oublies que je ne suis pas vraiment britannique, ni américain, ni quoi que ce soit d'autre. Et tu changes de sujet.

Plutôt en douceur, dut-il admettre.

– Bien que je n'aie pas beaucoup d'effets sur la télévision. Maintenant, si j'arrivais à comprendre comment faire fonctionner ce truc, alors, il pourrait y avoir des problèmes.

Elle lui concéda un sourire. C'était mieux.

– C'est agréable de te faire sourire, dit-il, avant de réfléchir.

La confusion envahit le visage de Lindsay, et il se souvint de sa visite abrupte au quartier général la veille au soir. Il devait faire plus attention à ce qu'il disait. Et ne pas la laisser le distraire de l'affaire en cours, que ce soit par ce sourire ou par ses petits changements de sujet.

– Lindsay, qu'est-ce qui te dérange vraiment dans tout ça ? Est-ce que ça pourrait avoir un rapport avec le fait que Jeanne se marie et pas toi ?

Ses yeux brillaient.

– Tu dis n'importe quoi.

– Il me semble que tu protestes bien trop.

Le regard orageux qu'elle avait dans les yeux se transforma en une véritable tempête de givre. Fred admirait plutôt l'esprit qui se cachait derrière cet éclat. Tout valait mieux que l'air vide et préoccupé qu'elle arborait lorsqu'il l'avait rencontrée pour la première fois. Il fouilla son regard glacial sans reculer, essayant de déterminer ce qui se cachait derrière. Repousser le bonheur d'une amie ? Non, cela ne ressemblait pas à la Lindsay qu'il connaissait. Mais les émotions ne sont pas toujours rationnelles, et si Lindsay se sentait jalouse, elle pouvait aussi se sentir coupable. Cela pourrait expliquer son humeur et son attitude défensive. Fred l'étudiait, jaugeant son expression du mieux possible.

Non. C'était la réaction la plus évidente, mais elle ne me semblait pas juste. Il avança doucement, en soutenant toujours son regard :

– De quoi s'agit-il alors ?

Le pli troublé entre ses sourcils se creusa. Elle baissa la tête pour boire une gorgée. Tandis que ses lèvres s'enroulaient autour de la paille, Fred ne pouvait s'empêcher d'imaginer qu'un bon baiser les aiderait tous les deux à oublier toutes ces bêtises. Il ne devrait pas s'autoriser ce genre de pensées, et il le savait. Il ne se souvenait pas d'avoir jamais…

– C'est mon amie.

Les yeux de Lindsay passèrent par-dessus son épaule, presque comme si elle parlait à quelqu'un d'autre.

– Je pense qu'elle fait ce qu'il ne faut pas faire. Mais ce n'est pas à moi de le lui dire.

Lindsay jouait avec sa paille.

– Je ne pense pas qu'elle soit vraiment amoureuse de lui.

Fred était resté immobile, presque inquiet à l'idée de parler à voix haute.

– Qu'est-ce qui te fait dire ça ?

Lindsay secoua la tête, les mèches de cheveux châtain clair se balançaient légèrement autour de son visage.

– C'est juste un sentiment.

– Alors pourquoi dirait-elle oui ? Il n'y a pas tant de pression sociale sur une femme pour qu'elle se marie, de nos jours, n'est-ce pas ?

– Plus que tu ne le penses. Il y a toute cette histoire d'horloge biologique. Et il reste une forme de pression quand on parle d'une bague en diamant…

Ses yeux restaient fixés sur son épaule.

– Le simple fait que quelqu'un t'en offre une.

Elle se redressa et s'éloigna de lui. Son ton changea.

– Tu as peut-être raison. Peut-être que je suis un peu jalouse.

Elle chercha un autre morceau de poulet pané sur son plateau.

– Tu sais, je ne crois pas que tu m'aies déjà menti auparavant.

Lindsay leva les yeux pour rencontrer les siens. Elle ouvrit la bouche, comme pour nier, mais aucun mot n'en sortit.

Il était proche de trouver quelque chose ici. Si proche qu'il pouvait pratiquement marcher dessus. Mais s'il marchait trop fort, il risquait de l'écraser.

– Très bien, dit-il. Voici une question plus difficile.

Elle lui adressa un regard méfiant par-dessus sa tasse.

Il déclara :

– Qu'est-ce que c'est que ces trucs sur ton plateau ?

Elle attrapa l'un des morceaux panés.

– Ce sont des nuggets de poulet. Je suppose qu'ils prennent du poulet et…

Il fronça les sourcils.

– Qu'ils le broient ? Et le recouvrent de pain ? Je croyais que nous étions dans une société civilisée.

Ses paroles eurent l'effet escompté. Il la fit rire et, pendant un instant, la ligne gênante entre ses sourcils disparut.

– Je ne te comprends pas, Fred. Tu sais qui est Bing Crosby, mais tu ne sais pas ce que sont les nuggets de poulet ?

– N'oublie pas que je ne sais que ce que j'ai besoin de savoir.

– Alors quoi, il y a un manuel ou quelque chose comme ça ?

– Pas vraiment. C'est un peu comme la façon… Tu te souviens de la première fois que tu as entendu « Silent Night » ? Tu le sais parce que tu l'as toujours su. Je sais qui est Bing Crosby de la même façon que je sais (il chercha un exemple dans son esprit, haussa les épaules) que je sais qui est Bing Crosby. Que *Autant en emporte le vent* est un film sur la guerre civile, où quelqu'un prononce un certain mot à la fin.

Lindsay enfouit son visage dans ses mains. Avait-il dit quelque chose de mal ?

Puis elle baissa à moitié ses mains et le regarda par-dessus ses doigts. Ses yeux débordaient, non pas de larmes, mais d'hilarité, et il aimait le fait qu'il l'ait menée là. Il ne se souciait pas le moins du monde de savoir si c'était de lui qu'elle riait.

– Oh, Fred. Tu es sérieux, n'est-ce pas ?

Il haussa les épaules.

– Éclaire-moi.

Elle baissa les mains en secouant la tête.

– Je ne peux pas. C'est un film de trois heures.

– Nous pourrions peut-être le regarder ensemble.

Il se mordit la langue. Comme on le lui avait rappelé récemment, le temps était compté. Un film de trois heures avec Lindsay n'était pas à l'ordre du jour. Et elle l'avait encore fait dévier de sa route. Pourtant, il lui semblait que cette conversation légère et sans intérêt lui faisait plus de bien que de s'acharner sur des choses qu'elle trouvait manifestement douloureuses. Apparemment, il ne fallait pas. Il avait des ordres. Alors même qu'il était assis en train de se les remémorer, il vit le rire disparaître de ses yeux gris clair et son expression sérieuse habituelle revenir.

L'intérêt de l'homme allait-il à l'encontre de ses propres instincts ?

Entretemps, elle avait croqué tous les morceaux de poulet sauf un. Lindsay recula sa chaise.

– Il faut que j'y aille. Si je me dépêche, je pourrai peut-être faire quelques achats de Noël avant de devoir retourner au travail.

– Et voilà, c'est reparti. Si tu *te dépêches*. Tu penses tout de travers. En outre, c'est après un infarctus précoce que tu vas courir avant d'atteindre la trentaine.

– J'ai trop de choses à faire.

Le pli entre ses sourcils est réapparu.

– Viens faire du shopping avec moi ce soir. Je te promets que tu feras deux fois plus de choses.

– J'ai vraiment besoin d'un peu de temps seule.

Au moins, c'était honnête.

– Compris. Juste une chose, avant que tu ne partes.

Lindsay le regarda d'un air perplexe, à moitié levée de son siège. Il soutint son regard jusqu'à ce qu'elle se réinstalle sur sa chaise.

Fred se pencha à travers la table et posa ses doigts légèrement contre la tempe de la jeune femme.

– Ferme les yeux.

Elle hésita, puis fit ce qu'il lui demandait. Fred tendit son pouce pour frotter le petit pli fin entre ses sourcils, voulant faire disparaître cette tension, essayant d'en trouver la source. Il la sentait, mais ne la voyait pas. Au bout d'un moment, la tension s'apaisa et les épaules de Lindsay se détendirent visiblement. Il laissa retomber sa main.

– C'est mieux. Tu as eu ce petit froncement de sourcils tout l'après-midi et ça m'a contrarié.

Elle ouvrit les yeux. Elle avait l'air plus détendue, plus proche de la femme qu'il avait laissée sur son canapé la veille au soir.

– Qu'est-ce que tu as fait ?

– Rien d'important. Il suffit de se débarrasser d'une partie de la tension. Tu pourrais payer quelqu'un très cher pour qu'il te masse le cou et les épaules pour le même résultat.

Il fronça les sourcils, essayant de ne pas prendre les choses personnellement.

– Tu ne me fais toujours pas confiance, n'est-ce pas ?

Elle ne répondit pas. Ses yeux étaient des miroirs gris de confusion.

Fred tendit à nouveau la main et céda à quelque chose qu'il avait envie de faire depuis un certain temps. Il enfonça ses doigts dans ses cheveux châtain clair, les lissant doucement en arrière de sa tempe. Ils étaient plus doux et plus légers qu'il ne l'avait imaginé, plus doux et plus légers que l'étole qu'il lui avait donnée. Il chercha d'autres tensions à apaiser, mais cette fois, il se retrouva pris dans sa propre toile. Un sentiment de chaleur, de paix, descendait sur lui, lui donnant envie de rester là indéfiniment. Lindsay aussi en fut imprégnée. Elle ferma à nouveau les yeux, comme un chat que l'on caresse.

– Ne t'inquiète pas, dit-il en la caressant de la voix en même temps que des doigts. Je ne peux pas t'hypnotiser et je ne peux pas lire dans tes pensées, c'est encore plus dommage. Mon travail serait beaucoup plus facile si je le pouvais.

À la mention du mot « travail », Lindsay rouvrit les yeux. Zut. Pourquoi l'avait-il dit de cette façon ? *C'est probablement mieux ainsi*, décida-t-il. C'était mieux pour tout le monde si Lindsay pensait que ses sentiments pour elle étaient purement professionnels.

Il rompit le contact et fit de son mieux pour adopter un ton très sérieux.

– Alors, je te laisse tranquille pour l'après-midi. Mais toi et moi avons rendez-vous pour faire du shopping ce soir. C'est compris ?

Elle hocha la tête, comme quelqu'un qui se réveille lentement, et se leva avec son plateau.

– Oui, d'accord, dit-elle, et elle s'éloigna.

Fred s'efforça de ne pas la suivre des yeux tandis qu'elle jetait le contenu de son plateau dans une poubelle et s'éloignait. Son visage prit à nouveau un air préoccupé. S'agissait-il de son amie Jeanne ou de la tâche écrasante que représentait l'achat des cadeaux de Noël ? Il ne le savait pas.

Il l'aiderait ce soir. Il sourit en se voyant se débattre lui-même sous une pile de cartons à chapeaux. Ou bien était-ce seulement dans les films ? Ses références culturelles étaient embrouillées, formées de vagues impressions qui n'étaient même pas des souvenirs. Il n'était pas étonnant que la pauvre soit désorientée.

Fred se rassit sur sa chaise, s'attardant dans l'aire de restauration pour goûter à l'atmosphère animée du centre commercial autour de lui. Une partie de cette atmosphère était joyeuse. Une grande partie était frénétique. Le grondement sourd des voix enterrait presque la musique de Noël diffusée par la sono. Il pensa à Lindsay et à son discours sur les files d'attente. Comment l'humanité avait-elle réussi à transformer la naissance d'un sauveur en cela ?

Il n'y avait qu'une seule façon de le savoir. Sauter dans le feu de l'action. Et il connaissait la meilleure façon de le faire. Pendant qu'elle était encore à son bureau, il irait lui-même faire des courses et trouverait un cadeau de Noël pour Lindsay. Mais pas en s'aidant de ses compétences particulières. Il le ferait à la façon de Lindsay – à la dure – et se mettrait à sa place.

Au bout de deux heures, il commença à comprendre ce à quoi Lindsay était confrontée.

Faire apparaître l'écharpe rayée parfaite en un instant était un jeu d'enfant comparé à la recherche du bon cadeau dans un centre commercial. Une centaine de magasins sous un même toit, et tout semblait soit trop personnel, soit pas assez. Et tous, d'une manière ou d'une autre, bien trop ordinaires pour Lindsay. Même si l'argent n'était pas un facteur déterminant – s'il trouvait le bon cadeau, il se retrouverait avec la bonne somme d'argent –, il ne voulait pas choisir quelque chose de trop bon marché ou de trop cher.

La valeur d'un cadeau impliquait une signification sous-jacente, malgré le fait que ce ne devrait pas être le cas.

Fred baissa les épaules, momentanément désemparé. Il allait pousser l'exercice un peu plus loin et demander de l'aide. Mais pas à un vendeur. Ses yeux se posèrent sur une femme avec une poussette, qui s'était arrêtée pour se reposer sur un banc devant l'une des petites fontaines du centre commercial. Elle avait l'air d'avoir l'âge de Lindsay et, avec son bébé, elle ne risquait pas de se méprendre sur les raisons qui l'avaient poussé à s'approcher d'elle.

Lorsque Fred s'approcha, le bébé donna des coups de pied et couina sous des couvertures bleu poudre, et sa mère fit rouler la poussette d'avant en arrière, en essayant de le faire taire.

– Est-ce que tu donnes du fil à retordre à ta maman, petite fille ?

Les deux têtes se tournèrent vers sa voix. D'après la lumière dans les yeux de la mère, il semblait qu'il ait déjà marqué un point.

La femme sourit.

– En général, les gens pensent que c'est un garçon, surtout quand je la sors avec la couverture bleue.

– Impensable.

Fred regardait le petit visage dans la poussette. Environ six mois, à vue de nez, avec des yeux pétillants et une touffe de cheveux blonds à peine visible. Un enchantement.

– Je parie que son père en est déjà gâteux.

Une légère ombre traversa le visage de la femme, mais cela n'entama pas sa curiosité.

– D'où venez-vous ?

– De Camden. C'est un quartier plus ancien de Londres. Mais je pense que je suis encore plus perdu dans ce centre commercial que je ne l'ai été n'importe où depuis que je suis ici.

Elle rit et ses yeux bruns s'éclaircirent.

– Cela fait deux ans que je vis ici et ça me fait encore cet effet.

– J'espérais que vous pourriez m'éclairer un peu. J'essaie de trouver un cadeau de Noël pour une jeune femme. Je ne la connais pas depuis très longtemps, mais j'aimerais quand même que ce soit spécial, et je ne sais pas trop ce qui pourrait convenir.

Elle fronça les sourcils, apparemment désireuse de s'attaquer à cette question de shopping.

– Donc, probablement pas de bijoux.

– Probablement pas.

Le bébé jacassait avec excitation. Fred fronça les sourcils en la taquinant.

– Vous m'interrompez, jeune fille.

Elle donna des coups de pied dans ses jambes joyeusement. Et silencieusement.

La femme tripota le menton du bébé et une lueur taquine emplit ses yeux.

– Est-ce que c'est une relation que vous aimeriez transformer en plus… ?

– Ce n'est pas possible, j'en ai bien peur.

À sa grande surprise, il avait éprouvé une certaine difficulté à faire sortir ces mots.

– Je… quitte le pays dans quelques jours. Mais j'aimerais quand même que ce soit quelque chose dont elle se souviendra.

La prise de conscience l'aveugla avec la force d'un train de marchandises. Il venait de lui en dire plus qu'il n'en savait lui-même.

– Hum, dit-elle. Ce n'est pas une mince affaire.

Le cœur de Fred se serra. Il essaya d'y remédier, de la meilleure façon qu'il connaisse.

– Et vous ? Qu'est-ce que vous souhaitez le plus pour Noël ?

Une certaine couleur apparut sur son visage.

– Un rendez-vous avec mon mari.

– Vraiment ? Et je devine que c'est lui qui trouve que vous êtes trop prise par le bébé.

Elle rougit encore plus.

– J'ai eu peur de la confier à quelqu'un d'autre si tôt.

– Oh, elle est prête. Vous voyez cette lueur dans ses yeux ? Elle dit : « J'ai deux adultes sans défense à ma disposition. » Avez-vous de la famille en ville ?

– Ma sœur, admit-elle.

– C'est vraiment le moment. Invitez votre mari à sortir. Je vous promets qu'il sera ravi.

Bon, une bonne chose de réglée au moins pour l'un d'entre eux.

Quelques minutes plus tard, sans nouvelle inspiration, Fred souhaita à la jeune femme un joyeux Noël et poursuivit sa course folle.

Il avait un problème bien plus important que de trouver le bon cadeau. La seule raison pour laquelle lui, l'expert des fêtes, était si soudainement désemparé. Parce que c'était si important. Dans quelques jours, il ne serait plus là, et il voulait que Lindsay se souvienne de lui.

Chapitre 7

– Tu gardes encore le scotch pour toi.

Lindsay regarda à sa gauche, et bien sûr, le rouleau de ruban adhésif était sur le tapis à côté d'elle, juste à l'endroit où Fred ne pouvait pas l'atteindre. Incapable de trouver une réplique percutante, elle se contenta d'un regard moqueur et le lança vers lui, assis comme il se devait au pied de son arbre de Noël. Fred l'attrapa au vol de sa main libre, puis fixa le rabat vert et or sur le cadeau qu'il était en train d'emballer.

Les courses s'étaient déroulées mieux qu'elle ne l'avait espéré, malgré la folie de la foule du centre commercial. Les foules semblaient se clairsemer pour Fred, les files d'attente raccourcissaient et les caissiers qui s'affairaient avaient tendance à sourire après l'avoir vu. Lindsay ne pouvait pas leur en vouloir. Il l'avait fait rire toute la soirée. Elle pouvait presque mettre le succès des courses sur le compte du charme naturel de Fred.

Le charme, et un peu de chance. Si elle n'y réfléchissait pas trop.

Elle s'aperçut qu'elle ne voulait pas trop y penser. Il lui semblait trop naturel que Fred l'aide dans le rituel répétitif des ciseaux, du ruban adhésif et du ruban, et il rendait la chose beaucoup plus amusante. Même ses craintes concernant les fiançailles de Jeanne s'étaient estompées, du moins pour l'instant. Après tout, elle n'avait peut-être fait que projeter sur elle sa propre expérience avec Steven.

Le plateau télé rempli de cartes se trouvait toujours devant son canapé, les regardant d'un air désapprobateur comme une sentinelle. Ce soir, Lindsay refusait de s'en préoccuper. Elle était tellement en retard maintenant, qu'une nuit de plus de négligence semblait à peine avoir de l'importance. Elle ne se sentirait probablement pas comme ça demain. Mais c'est ce qu'elle ressentait ce soir, sous l'influence des chants de Noël qui résonnaient sur sa chaîne stéréo, d'une soirée de shopping réussie et du papier d'emballage rouge et vert éclatant qui jonchait le sol de son salon. Sans parler de la présence d'un homme terriblement jovial nommé Fred. Il n'avait même pas parlé de Steven. Lindsay entretenait une lueur d'espoir, probablement naïve : il aurait pu abandonner le sujet.

– Qui reste-t-il sur ta liste de courses ?

– Euh, Jeanne. Je suppose que je devrais en faire une sorte de cadeau de fiançailles.

Lindsay se concentra sur la boîte qu'elle était en train d'emballer pour Phil, une horloge kitsch en forme de roue de bateau.

– Et puis il y a Matt…

Fred se renfrogna.

– Il n'obtient pas ce qu'*il* veut.

Lindsay se sentit rougir. Elle avait presque oublié le commentaire de Fred le soir de la fête de Noël.

– Tu t'es trompé sur lui, tu sais. Celle pour qui il craque, c'est Jeanne.

– Je n'ai jamais dit que ce n'était pas le cas. Les hommes adorent laisser traîner leur regard, c'est bien connu.

Il baissa la tête et s'occupa d'arranger le nœud doré déjà parfait de son paquet.

– Qu'à cela ne tienne. On ne peut pas reprocher à un homme d'avoir bon goût.

Le cœur de Lindsay réagit de façon inattendue. Elle se sentait très excitée. Elle retint son souffle.

Fred lui tendit la boîte pour qu'elle l'inspecte.

– Là. Qu'en penses-tu ?

Elle sentit son visage devenir encore plus rouge.

– Magnifique.

Il avait fait un commentaire léger, un flirt, c'était tout. Cela ne voulait rien dire. Mais lorsque Fred déposa le cadeau sous le sapin avec les autres, les battements de son cœur eurent du mal à ralentir. Elle avait envie de lui rendre la pareille.

– Alors, que dois-je offrir à Matt ?

– Ma chère, je n'en ai pas la moindre idée.

Il ne s'était pas retourné, apparemment décidé à trouver le bon endroit pour ce cadeau.

– C'est toi qui as repéré l'horloge pour Phil. Et ce pull pour mon père. C'est toujours si difficile d'en trouver un pour lui.

Fred ne répondait toujours pas. Elle le relança :

– Tu dois avoir des idées pour Matt.

– Oh, c'est vrai.

Il se retourna vers elle, affichant son sourire habituel.

– Mais comme je suis un gentleman, je ne peux pas les dire.

Il serra ses mains autour de son genou.

– Avons-nous tout emballé ?

– À peu près.

Vaincue, Lindsay se concentra sur le nœud du cadeau de Phil. Avec quelqu'un pour l'aider, elle avait créé des paquets plus élaborés ce soir, ajoutant plus de rubans et de boucles qu'elle ne le faisait d'habitude. Pour celui-ci, elle colla un nœud adhésif bleu et fit glisser la boîte sur le sol jusqu'à Fred.

– Fini.

Une fois de plus, il y passa un long moment, attentif à trouver la bonne place sous le sapin. Peut-être avait-il réalisé, comme elle, qu'une fois l'emballage terminé, il n'aurait pas d'autre véritable prétexte pour rester.

– Je suppose, dit Fred en se retournant vers elle, qu'avec le mariage de Jeanne, Matt n'aura pas *vraiment* ce qu'il voulait pour Noël.

La note taquine avait quitté ses yeux et sa voix.

– Je suppose, acquiesça Lindsay.

Il avait aussi cessé d'éviter ses yeux.

– Comment se fait-il que tu ne te sois jamais mariée ?

Le cœur de Lindsay recommença à cogner. *Un bruit sourd.* Elle n'avait jamais entendu un son aussi énorme, ni aussi fort.

– Je n'ai que vingt-neuf ans.

– Allez, quoi.

Une lueur taquine était revenue dans ses yeux, très doux.

– Dix ans sur le marché, et personne n'a été assez malin pour t'attraper ?

Coup de poing, coup de poing. Toc, toc. Lindsay essaya de garder une voix normale, mais il était difficile de l'entendre avec le bruit de son cœur.

– Je ne sors pas beaucoup. Je n'ai pas vraiment cherché.

– Ah, mais l'amour ne se trouve pratiquement jamais *en cherchant.*

– Qu'est-ce que tu dis ?

– Je ne fais que constater un fait. Et j'espère que tu n'as jamais douté que tu avais quelque chose de spécial à offrir.

Le cœur de Lindsay, qui s'emballait, fit un énorme *boum* sourd, comme pour la dernière fois.

Oh, super.

Fred ne flirtait pas. Il lui donnait de la psychologie de comptoir. Un coup de pouce à l'estime de soi de la petite Lindsay, sa bonne action de la soirée. Alors que ce qu'elle voulait vraiment…

Elle se leva d'un bond pour ramasser les restes de papier d'emballage avec acharnement. Puis elle se dirigea vers la corbeille à papier de la cuisine sans regarder Fred.

Elle voulait qu'il l'embrasse. C'est ce qu'elle voulait. C'était humiliant.

Quand elle eut fini de fourrer le papier cadeau le plus loin possible dans la poubelle de la cuisine et qu'elle se retourna, bien sûr, il se tenait juste là.

– Lindsay…

Il s'arrêta. Au moins, il savait qu'il valait mieux ne pas demander ce qui n'allait pas. Mais il posa ses mains sur ses épaules et quelque chose dans la chaleur de ce contact l'empêcha de le repousser.

– Lindsay, répéta-t-il, et il n'y avait aucun moyen d'éviter ces yeux sombres, si dangereusement, si ennuyeusement remplis de compréhension. Écoute. Je suis censé savoir ce qu'il faut dire, et le fait que je me plante autant doit signifier…

Cela lui permit de se libérer d'un coup sec. De toute évidence, il était toujours en service, et elle ne voulait plus entendre parler de sa fiche de poste. Elle se moquait bien de savoir de quel royaume céleste il venait, elle ne voulait plus être un dossier.

Lindsay se dirigea vers la porte et ramassa son pardessus sur le dossier du canapé, où il l'avait jeté lorsqu'ils étaient entrés. Elle se retourna pour lui tendre son manteau ; une fois de plus, comme prévu, Fred se tenait juste derrière elle. Mais cette fois, il ne la regardait pas. Il regardait vers le haut.

Vers le gui, juste au-dessus de leurs têtes.

Il croisa son regard avec des yeux pleins de promesses. Puis il lui prit le manteau des mains et le jeta encore, d'un geste léger, sur le dossier du canapé.

Tout semblait ralentir. Ses intentions étaient claires, et elle avait tout le temps de reculer. Pourtant, Lindsay ne fit rien pour l'arrêter lorsqu'il prit son menton dans sa main, l'attira vers le haut et approcha son visage.

Il posa ses lèvres sur les siennes, aussi délibérément que s'il avait voulu le faire depuis le début.

Lindsay aurait juré avoir entendu des cloches.

Elle ferma les yeux. Elle ne pouvait pas s'en empêcher. Au début, le baiser était léger comme une plume, mais ses lèvres se refermèrent plus fermement sur les siennes, l'attirant plus près, l'attirant à lui. Les battements de son cœur, ceux qui avaient menacé de s'arrêter quelques minutes auparavant, rattrapaient le temps perdu. Les doigts de Fred quittèrent son menton, passèrent derrière sa tête et s'emmêlèrent lentement dans ses cheveux. Son autre bras glissa autour de sa taille, et Lindsay ne s'était jamais sentie aussi bien *tenue*.

Lorsque Fred releva la tête, il s'attendait à moitié à ce qu'elle s'éloigne, mais elle resta devant lui, le visage toujours renversé, les doux cils bruns abaissés. Il lui aurait été impossible de reculer. Il approcha donc à nouveau ses lèvres des siennes pour un baiser plus profond, et une sensation si indescriptiblement douce qu'elle faillit lui couper les jambes l'envahit. Il la savoura, comme de longues et lentes gorgées d'un cidre chaud et épicé. Il entendit un bruit sourd et se demanda si c'était son cœur ou le sien. Non, ce devait être le sien. Il sentit la vibration correspondante dans sa poitrine. *Ce n'est pas censé arriver*, pensa-t-il. Mais comment cela pourrait-il être autre chose qu'une bonne chose ?

Fred se redressa et fit un pas en arrière, comme pour se soustraire à un sort irradiant du gui.

Lindsay le regarda sans rien dire. Il était en train de reculer. Il reculait vraiment.

– Désolé, dit-il en levant les yeux et en faisant un signe de tête au gui au-dessus de sa tête. Il s'agit simplement de respecter le règlement.

Encore étourdie, elle suivit son regard vers le haut.

– Et quelle est la sanction pour avoir ignoré le gui ?

– On est frappé par la foudre, je crois.

Le sourire familier apparut une fois de plus. Fred atteignit la porte et tourna la poignée derrière lui.

– Bonne nuit.

Et il était parti, son pardessus toujours posé sur le dossier de son canapé. Non pas qu'il en ait eu besoin.

Lindsay aurait juré que son Anglais du XIXe siècle venait de la rejeter de façon très américaine et moderne.

L'air froid de la nuit fit du bien à Fred. Mais pas assez pour lui faire retrouver ses esprits.

Il avait embrassé Lindsay de tout son cœur, de la seule façon dont il savait faire les choses. Comment allait-il la laisser partir après cela ? Une fois qu'il l'avait tenue dans ses bras, reculer avait été comme arracher un petit morceau de son âme. Ce n'était pas seulement la sensation physique enivrante. C'était le sentiment d'être dans la justesse, le sentiment que quelque chose devait arriver.

Mais non. Il était censé passer du temps avec Lindsay, apprécier sa compagnie, l'aider à gérer ses problèmes.

Tout cela pour la confier à quelqu'un d'autre. Quelqu'un qui n'avait apparemment jamais pris la peine de s'occuper d'elle. Pour Fred, ce n'était pas vraiment ça, un homme. Pourtant, on lui avait assuré que réconcilier Lindsay avec Steven était dans l'intérêt de Lindsay.

Qu'en était-il de l'intérêt de *Fred* ?

C'était un raisonnement de traître. Rien de bon ne pouvait en résulter.

Il devait parler à l'administration centrale. Qu'ils le réaffectent à une gentille petite vieille qui n'avait pas assez souvent de nouvelles de ses petits-enfants, ou quelque chose comme ça.

Il continua son chemin, juste à côté du trottoir, en écoutant ses pieds crisser dans la neige qui cédait sous ses pas.

Chapitre 8

Chère Wendi,
J'espère que cette carte te parviendra avant Noël !
J'ai pris beaucoup de retard, comme d'habitude.

Lindsay jeta le feutre vert avec un soupir de dégoût. Elle pensait renoncer aux excuses, se disant qu'elles étaient tout simplement fastidieuses à lire année après année. Ses vieux amis devaient y être habitués maintenant. Il suffisait de les laisser penser que c'était encore Lindsay qui faisait des siennes.

Elle ne se sentait pas malheureuse. Elle se sentait comme éparpillée en mille morceaux.

Elle aurait dû savoir qu'elle était trop perturbée par le départ brutal de Fred pour écrire une carte de Noël joyeuse. Mais il était trop tôt pour aller se coucher, et elle devait consacrer toute cette énergie agitée à *quelque chose.*

Lindsay délaissa le plateau de cartes, se hissant en arrière contre les coussins du canapé avec un autre soupir d'exaspération. Quelque chose tomba du dossier du canapé et lui effleura la joue. Lindsay se retourna et fixa la manche du manteau de Fred.

Il s'en doutait. Il avait toujours un moyen de se rappeler à elle, même quand il n'était pas là.

Tentée de repousser le manteau, Lindsay préféra tâter la texture chaude et laineuse du tissu. Elle se sentait assez réelle, assez solide. Les bras qui l'entouraient lui avaient semblé assez solides aussi. Mais elle avait vu Fred faire trop de choses inexplicables pour croire qu'il n'était qu'un homme ordinaire. Pourtant, dans les moments difficiles, il se comportait comme n'importe quel homme du style de ceux dont Jeanne se plaignait toujours. Il l'avait amenée à baisser sa garde, et puis *boum*, il était parti.

Comment avait-elle pu se laisser aller à un tel état d'esprit ? Il y avait moins d'une semaine, elle ne voulait même pas croire à son existence. Maintenant, elle redoutait l'idée que Fred ne s'en aille.

Peut-être était-il déjà parti.

Le siège avait l'air différent.

Encore une fois, il n'avait jamais *ressemblé* à quoi que ce soit auparavant.

Ce soir, Fred était arrivé et s'était matérialisé assis dans un semblant de bureau. La pièce ressemblait un peu au lieu de travail de Lindsay, mais en plus chic. Fred se trouvait face à un large bureau rutilant avec un seul classeur juste à droite. À part cela, la pièce n'était pas meublée. En fait, elle paraissait ne pas avoir de murs. L'homme derrière le bureau portait un costume de tweed distingué. Ses cheveux noirs grisonnaient, mais ne semblaient pas pressés de devenir blancs. Fred n'avait jamais vu quelqu'un du quartier général en chair et en os, mais il aurait tout de même reconnu le directeur de l'établissement n'importe où.

Fred prononça les premiers mots qui lui vinrent à l'esprit :

– Vous avez refait la déco ?

L'homme derrière le bureau gloussa.

– C'est une chose que j'ai toujours aimée chez toi. Ton sens de l'humour.

Son accent britannique correspondait à celui de Fred.

– Tu es dans le monde physique depuis un certain temps, et tu semblais avoir quelques… difficultés respiratoires la dernière fois que tu es venu ici. Nous avons pensé que cela pourrait rendre les choses plus confortables pour toi.

Ils l'avaient donc remarqué.

– Est-ce que c'est inhabituel ?

Un haussement d'épaules.

– Cela arrive de temps en temps. Alors, qu'est-ce qui t'amène ici ?

Assis les jambes croisées, l'homme au bureau semblait détendu, mais ses yeux étaient vifs. De là où il était assis, Fred ne pouvait pas dire s'ils étaient bruns ou gris foncé.

Fred essaya de ne pas se tortiller dans le somptueux fauteuil à oreilles. Ils avaient beau avoir décoré à la va-vite, ils avaient bon goût.

– Il s'agit du dossier Lindsay Miller.

– Naturellement.

Naturellement.

– Je crains de ne pas être le meilleur pour cette mission.

– Et pourquoi cela ?

Son superviseur avait parlé avec une empathie curieuse et professionnelle.

– Je crains de m'impliquer personnellement.

– Mon garçon, la nature même de notre travail est personnelle. C'est ton lien personnel avec Mlle Miller qui te permet de la joindre.

Mais je n'étais pas censé « l'atteindre », pensa-t-il. Est-il possible que ses supérieurs ne soient pas au courant de ce qui s'était passé ce soir ?

Le monsieur grisonnant en face de lui ne donnait aucune indication qui le mette sur la voie.

– Je ne suis pas sûr d'être à la hauteur, dit Fred sans conviction.

– Au contraire. Tu es particulièrement qualifié pour ce cas.

– Pourquoi ? Parce que je ressemble à quelqu'un que vous avez inventé pour elle ?

– Bien sûr que non. Tu devrais le savoir. Tu as été choisi pour elle avant tout cela. Le personnage du film n'était qu'une image commode. Tout comme tout ceci.

Il montra d'un geste leur environnement épuré.

Fred hésita, incertain de ce qu'il devait dire. S'ils ne le savaient pas, il n'allait pas le leur dire.

– J'en suis arrivé à un point où je ne sais pas trop comment procéder.

– Cela devrait être simple. C'est à toi de faire ce qui est dans son intérêt.

Fred se pinça l'arête du nez. Il commençait à avoir un des fameux maux de tête de Lindsay.

– Je ne sais plus très bien ce qui est dans son intérêt.

– Tu as tes instructions.

– Qu'elle se réconcilie avec Steven, dit-il, juste pour s'assurer de bien avoir compris.

Cela lui semblait une telle erreur.

– C'est ça.

Son cœur se serra.

– Est-il possible que ses besoins aient changé ?

– Au cours des derniers jours ? Je ne pense pas que ce soit le cas. Qu'est-ce qui aurait bien pu se passer en si peu de temps ?

Il ne devait *pas* être au courant de ce qui s'était passé ce soir-là, sinon il ne poserait jamais cette question.

Fred prit une grande inspiration.

– Est-il possible d'envoyer un remplaçant ?

Les mots lui piquaient la gorge. Mais il fallait les prononcer. On lui avait dit quelle personne était dans l'intérêt de Lindsay, et ce n'était pas lui.

– Un substitut ?

– Oui.

– Tu penses que c'est ce qu'il y a de mieux ?

Il voulait crier *non*. Il voulait passer plus de temps avec Lindsay. Pour lui-même, pas pour une quelconque mission. Mais ce n'était pas dans son intérêt, et le temps était compté. Demain, Noël ne serait plus que dans quatre jours.

– Oui, dit-il d'une voix étouffée. Envoyez quelqu'un d'autre.

De préférence sous forme féminine.

Son superviseur posa ses paumes à plat sur le bureau et se leva. Il était plus petit que ce que Fred imaginait, mais sa posture digne et policée en faisait un homme imposant.

– Nous allons essayer, Fred. Mais tu dois comprendre que si cela se retourne contre toi, tu en acceptes l'entière responsabilité.

– Je comprends.

Il cligna des yeux.

– Attendez. Vous venez de m'appeler Fred.

Son superviseur hocha la tête.

– N'est-ce pas le nom que tu as choisi, pour la forme que tu as prise ?

Le nom que Lindsay lui avait donné. Pour une forme dont il aurait beaucoup de mal à se séparer.

Lindsay se retourna dans son lit, essayant de lutter pour sortir du sommeil. Pourquoi, quelle que soit la difficulté à s'endormir, était-on toujours bien endormi quand il fallait se réveiller ? La nuit avait été longue et agitée, et maintenant elle était épuisée. Au moins, on était samedi. Elle remonta les draps, voulant désespérément garder les yeux fermés, mais un bruit parvint à ses oreilles à travers les couvertures.

Un coup léger, mais exigeant, retentit à sa porte d'entrée.

Fred n'était-il pas au courant pour les samedis ?

Un rougissement l'envahit lorsqu'elle se souvint du baiser d'hier soir et de sa sortie précipitée. C'est ce même souvenir qui l'avait empêchée de dormir pendant la moitié de la nuit.

À cette pensée, les dernières traces de sommeil s'évanouirent. Elle se redressa, posa ses pieds sur le sol et se leva.

Elle trouva son peignoir au pied du lit. Elle l'enroula autour d'elle, se demandant si Fred avait vu sa tête de saut du lit. Elle passa ses doigts dans ses cheveux, essayant de remettre de l'ordre dans la masse de nœuds matinaux. Elle devrait se passer un coup de peigne.

Laisse-le attendre, pensa-t-elle.

Mais les coups légers sur la porte insistaient, et elle avait besoin de savoir ce qu'il avait à dire pour sa défense après la nuit dernière. Lindsay glissa ses pieds dans les pantoufles au pied de son lit et se fraya un chemin jusqu'à la porte d'entrée.

Lorsqu'elle l'ouvrit, un monsieur aux cheveux argentés se tenait devant elle dans l'air froid du matin, vêtu d'un costume gris classique. Il tenait un sac en papier blanc et un gobelet en polystyrène fumant.

– Mademoiselle Lindsay Miller ?

Son accent britannique lui donna une impression de déjà-vu. *Et voilà, on y était.* Ou peut-être n'était-il qu'un livreur. Un livreur très distingué.

– Oui ?

L'air vif la fit frissonner.

– Nous ne nous sommes encore jamais rencontrés, dit-il inutilement. Fred m'a envoyé du siège.

La main de Lindsay se crispa sur la poignée de la porte.

– Où est-il ?

– Je vous expliquerai dans un instant. Puis-je entrer ?

Elle avait accepté beaucoup de choses ces derniers jours, mais elle ne laisserait pas un autre étranger britannique entrer chez elle aussi facilement. Si ça se trouve, c'était un kidnappeur. Ou un voleur de bijoux international.

Mais au fond d'elle-même, elle savait que ce serait mieux.

Malgré tout, Lindsay tint bon, repliant ses bras pour se protéger de l'air glacial.

– Comment puis-je savoir qui vous êtes ?

Il soupira avec un léger sourire.

– Ah. Vous êtes méfiante, n'est-ce pas ? Je suppose que je ne peux pas vous en vouloir.

Ses yeux, du même gris foncé que son costume, étaient bienveillants. Peut-être même paternels, d'une manière distante, un peu à l'emporte-pièce.

– Mais Fred voulait que je vous rencontre, et j'apprécierais que vous m'accordiez quelques instants de votre temps.

Elle ne devrait pas reculer. Mais c'était ça, ou rester debout dans la brise arctique qui entrait dans son appartement. Il était trop gentil pour qu'elle lui claque la porte au nez. Et d'après son expérience précédente, cela ne servirait à rien de toute façon.

Finalement Lindsay s'écarta et le laissa entrer, soulagée, au moins, de fermer la porte contre le froid. Elle serra son peignoir autour d'elle.

– Qu'est-ce qui se passe ?

Son visiteur tenait le sac blanc et la tasse en l'air.

– J'ai apporté le petit déjeuner. Je crois que vous aimez bien les bagels aux graines de pavot ?

Son estomac frétilla. Ils étaient *tous* au courant de ses goûts. Elle n'aurait jamais dû le laisser entrer.

– Je n'ai pas faim, répondit-elle.

– Je suis vraiment désolé. Ça vous dérange si je pose ça ?

Il désigna d'un signe de tête la table de la cuisine de l'autre côté de la pièce.

– *Où est Fred ?*

Il l'étudia un instant, puis traversa l'appartement pour poser les bagels sur la table. Il se retourna vers elle, l'air légèrement gêné pour la première fois.

– Fred a estimé que quelqu'un d'autre pourrait être mieux qualifié pour votre cas.

– Alors il m'a envoyé… quoi, une doublure ?

– Mademoiselle Miller, je vous assure qu'il est très soucieux de votre bien-être.

– Vous n'êtes pas sérieux. Il a *démissionné* ? Et c'est tout ce que j'ai comme explication ?

– C'est la seule explication qu'il m'a donnée. Mais il était très soucieux de ne pas perdre les progrès que vous aviez faits.

– *Des progrès ?*

Elle n'en croyait pas ses oreilles. Elle était un *cas*, et il ne voulait pas perdre ses *progrès*.

– Regardez, dit-elle, je me débrouillais bien avant que vous n'arriviez.

Au fond de son esprit, elle se souvint de la voix agréable de Fred qui lui disait : *« Menteuse. »*

Elle l'ignora.

– S'il pense, si vous pensez que vous pouvez simplement reprendre là où il s'est arrêté…

Lindsay sentit son visage chauffer, se rappelant exactement où Fred s'était arrêté la veille. Si le vieux monsieur le remarqua, il ne montra aucune réaction. En fait, il n'avait pas bougé depuis qu'elle avait commencé sa tirade. Il l'observait en silence, les mains dans les poches de son pantalon, sous sa veste. Cette attitude lui était familière, elle se demanda s'ils avaient un lien de parenté. Avaient-ils de la famille au « siège social » ?

Elle mit de côté ses pensées décousues.

– Vous pouvez le dire à Fred de ma part, s'il pense que vous pouvez sortir n'importe quel vieil Anglais…

– Si l'accent britannique ne vous convient pas, peut-être…

– *Non !*

Lindsay se dirigea vers la porte d'entrée.

– Si je ne vaux pas la peine qu'il prenne du temps…

Elle ouvrit la porte d'un coup sec.

– Puis… *Bah, humbug!*

Chapitre 9

Une heure plus tard, Lindsay fouettait le caramel dans la casserole sur la cuisinière, beaucoup plus vigoureusement que nécessaire. Ce serait la fournée la plus lisse qu'elle ait jamais faite. Son bras était douloureux, et elle ne savait même pas à qui elle donnerait le caramel cette fois-ci.

Il était presque midi. Elle devrait faire des courses. Elle devrait écrire des cartes. Mais elle avait besoin de s'occuper à une activité sans intérêt. Toute carte de Noël qu'elle essaierait d'écrire finirait probablement par paraître incohérente, de toute façon. Peut-être qu'elle devrait aller passer un scanner après tout. Des choses comme ça n'arrivent pas, pas aux gens normaux. Pas aux personnes saines d'esprit.

Son étrange visiteur l'avait amenée à se demander, une fois de plus, à quel point elle avait pu avoir des hallucinations ces derniers jours. Si Jeanne, ses patrons et ses autres collègues n'avaient pas vu Fred et parlé de lui par la suite, elle aurait été convaincue qu'elle devait se faire examiner la tête.

Si elle *n'était pas* folle et que l'homme plus âgé avait dit la vérité, c'était Fred qui l'avait envoyé. Tout cela pour éviter d'affronter la femme qu'il avait embrassée sous le gui hier soir. Elle avait déjà entendu parler d'hommes qui avaient du mal à s'engager, mais là, c'était ridicule. Il avait annoncé qu'il serait parti après Noël. Il ne pouvait même pas s'occuper d'elle pendant ce temps-là ?

Lindsay plia les genoux pour vérifier le niveau du thermomètre à bonbons : 115°C. Bingo. Elle éteignit le brûleur et versa le mélange de chocolat fumant dans le plat de cuisson sur le comptoir.

Il ne pouvait pas refroidir assez vite à son goût. Le cœur serré, Lindsay savait où irait la plus grande partie de ce caramel. Directement sur ses hanches. En attendant, elle se contenta de lécher la cuillère. Puis de racler le reste sur les bords de la casserole.

La sonnette de la porte retentit. Son cœur fit un bond dans son estomac, puis remonta jusqu'à sa gorge.

Elle ne devrait pas répondre. Elle ne pouvait pas *ne pas* répondre. Lindsay traversa l'appartement jusqu'à la porte d'entrée, des prières à moitié formulées se bousculant dans son esprit, et ouvrit la porte. Que ce soit un autre gamin qui vende des barres chocolatées, ou des abonnements à des magazines. Elle serait même contente de voir un adulte odieux lui proposer une démonstration de nettoyage de tapis, avant d'être prête à faire face à...

Fred se tenait sur son porche avec un pot de poinsettias à la main et un air piteux. Cette expression aurait fait fondre le cœur le plus dur, mais Lindsay se dit qu'elle était engourdie.

Elle resta immobile, une main toujours fermement agrippée à la poignée de la porte.

– Tu n'as donc pas pu trouver un autre garçon de courses pour faire ton travail à ta place ?

– Je suis désolé.

Il avait l'air sincère, et alors, ne l'avait-il pas toujours été ?

– L'expression « désolé » ne suffit pas.

– Lindsay.

Il tendit la plante entre eux, et comme si cela avait été une ventouse, elle tendit automatiquement la main et la prit. Une fois qu'elle eut les mains occupées, Fred en profita pour ouvrir la porte d'un coup de coude et entrer.

– Attends.

Elle se retourna pour le suivre, une autre erreur ; il ferma la porte.

– Je n'ai pas dit que tu pouvais entrer.

– Laisse-moi prendre ça pour toi.

Fred posa la plante sur la table d'appoint, là où se trouvait l'horrible faux sapin avant que Fred ne lui apporte le vrai.

Reste insensible, reste calme.

– Fred, tu ne peux pas débarquer ici comme ça. J'en ai assez.

– Je sais.

Sa voix était posée.

– Je te dois des excuses.

Elle s'attendait à ce qu'il proteste de son innocence.

– Tu es donc au courant pour l'homme qui est venu ici ce matin ?

– Oui.

– Et tu l'avais vraiment envoyé ?

– Oui.

Ses yeux se fixèrent sur les siens, inébranlables.

– Je peux t'expliquer.

– M'expliquer ?

OK, elle n'était plus engourdie. Elle était furieuse.

– Comment puis-je te faire confiance ? Qu'est-ce que c'est, un jeu ?

– Non.

Elle inspira profondément pour s'endurcir. Pour mettre au clair toute sa colère et sa frustration.

– Tu as envoyé quelqu'un d'autre faire ton sale boulot. Un baiser et tu t'enfuis. *Pourquoi ?* Ce n'est pas comme si tu étais encore là dans une semaine. De tous les lâches…

Lâche. Lindsay s'arrêta net. Elle n'avait pas le droit d'utiliser ce mot. Elle l'avait répété encore et encore dans son esprit, après Steven. Sauf qu'à l'époque, c'était elle qui avait été lâche. Fred ne le savait pas. Ou le savait-il ? Toute cette mise en scène était-elle sa petite façon intelligente de lui faire admettre ce qu'elle avait fait ? Il restait debout, soutenant fermement son regard, en attendant qu'elle continue. Si c'était un piège, elle ne mordrait pas à l'hameçon. Lindsay revint à l'essentiel.

– Tu m'as *quittée*.

– Je suis désolé.

La douceur dans ses yeux, dans sa voix, était exaspérante.

– As-tu déjà été quittée ?

– Tu devrais le savoir.

– Non, je ne peux pas le savoir. Je te l'ai dit, nous fonctionnons uniquement sur la base de ce que nous avons besoin de savoir.

– Je ne te crois plus.

– C'est la vérité.

Comment une seule déclaration, faite à voix basse, pourrait-elle la pousser à le croire sans doute ? Lindsay serra les dents.

– Si c'est pour que je te parle de Steven…

– Lindsay, crois-moi. Steven est la dernière personne dont j'ai envie de parler en ce moment.

Il y avait quelque chose de si convaincant dans sa voix que, cette fois, Lindsay ne douta pas de lui un seul instant.

Fred tendit la main vers sa joue, les yeux soudain remplis d'une intention tranquille, et Lindsay réalisa qu'il avait attendu qu'elle finisse. Il attendait son tour. Il semblait si calme. Maintenant, en le regardant dans les yeux, elle se sentait face à quelque chose d'insondable, et elle ne saisissait pas pourquoi elle ne l'avait pas vu avant. De toute sa vie, personne ne l'avait jamais regardée de cette façon. Pas Steven. Et certainement personne dans sa famille. Comme si elle était quelque chose d'incroyablement précieux.

Lindsay recula avant que la main de Fred n'atteigne sa joue. Parce que s'il la touchait, c'en était fait d'elle. Elle céderait.

Elle chuchota, avec le peu d'air qu'elle put trouver dans ses poumons :

– Qu'est-ce qui se passe ?

Fred n'avança pas vers elle. Mais ce regard enivrant ne diminua pas.

– Es-tu prête à m'écouter ? Je sais que tu es bouleversée. Mais nous n'avons pas beaucoup de temps.

Lindsay déglutit avec difficulté et recula encore d'un pas, puis se rendit compte qu'elle s'était presque parfaitement centrée sous le gui. Elle se décala légèrement, ne voulant plus reculer.

Comme elle ne lui répondait pas, Fred prit la parole :

– Lindsay, je ne te ferais de mal pour rien au monde. Pas intentionnellement. Mais j'avais peur de te faire plus de mal que de bien. C'est pourquoi je leur ai demandé d'envoyer quelqu'un d'autre. Hier soir, avant mon départ (il jeta un coup d'œil au gui qui pendait toujours près de sa tête), je me suis rendu compte que je n'avais pas le choix. Tu dois comprendre que ce n'était pas vraiment prévu dans le scénario.

– Un scénario ?

Elle essaya d'extirper ce qui restait de sa colère, mais ne réussit qu'à montrer sa perplexité.

– Tu as un *scénario* sur moi ?

Il soupira et, pour la première fois, il eut l'air légèrement exaspéré.

– Ce n'est qu'une figure de style. Vous, les Américains, ne savez pas ce qu'est une figure de style ?

– Je croyais que tu n'étais pas britannique. Ou américain, ou quoi que ce soit d'autre.

Il secoua la tête.

– Je ne le suis pas. Je crois que je suis dans ce corps depuis trop longtemps. Je suis en train de devenir autochtone. Je commence même à avoir tes foutus maux de tête.

Il se pinça l'arête du nez.

– Pas étonnant que Dickens ait demandé à ses esprits de tout faire en une seule nuit.

– *Un chant de Noël*... n'est-ce pas juste...

– Une histoire.

– Écrite par un Anglais, je pourrais ajouter. Un Anglais très perspicace. Mais ce n'est qu'une histoire.

Lindsay secoua la tête. Incroyable que, pour une fois, il ait mal à la tête et pas elle.

– Je ne sais plus ce qui est réel. Comment puis-je être sûre que tu me dis la vérité ?

– Tu n'as que ma parole, Lindsay.

Il jeta un coup d'œil au gui.

– Bien sûr, je connais un moyen de te donner une preuve plus définitive.

Fred se rapprocha, il était à nouveau à sa portée.

– Veux-tu que je te dise ce qui est réel ?

Le cœur de Lindsay battait la chamade.

– Je ne sais pas.

– Lindsay.

Il ne voulait pas arrêter de répéter son prénom, ou du moins arrêter de le faire sonner comme de la musique ?

– Nous sommes le 21 décembre. Je ne saurai jamais comment on en est arrivés là.

– Bienvenue dans mon monde. C'est ce que je ressens chaque année.

– Le fait est que notre temps est limité. Nous avons perdu une matinée. Une matinée entière. Maintenant, nous pouvons passer notre temps à nous disputer, ou profiter au maximum du temps qu'il nous reste.

Lindsay retint son souffle quand elle prit conscience de ce qu'il disait. Dans quelques jours, il serait parti. Parti pour de bon.

Le ton de Fred s'éclaircit.

– Et si je ne me trompe pas, tu as recommencé à cuisiner des caramels. Peut-être en partageras-tu même avec moi cette fois-ci.

C'était du pur Fred. Mais…

– Pourquoi es-tu revenu ?

– Je dois te remercier d'ailleurs. Tu as envoyé mon remplaçant faire ses valises. Je suis très heureux que tu l'aies fait.

Il prit ses mains dans les siennes, et Lindsay se sentit littéralement happée, comme si ses mains chaudes et légères pouvaient l'empêcher de s'enfuir. Mais ce n'était pas un sortilège extérieur. Elle ne *voulait pas* bouger.

– Ils continuent d'insister et d'affirmer que je suis le meilleur pour ce travail, dit Fred. J'en ai assez de me disputer avec eux sur ce sujet. Surtout quand être avec toi est la seule chose que je veux.

– Est-ce qu'ils sont au courant de…

Lindsay leva les yeux vers le gui.

– Sans doute pas, sinon ils ne m'auraient jamais laissé revenir ici. Je sais que moi-même je ne me ferais pas confiance si je restais seul avec toi.

Quelque chose de nouveau brilla derrière ses yeux. Lindsay essaya d'en déchiffrer le sens. Il avait l'air à la fois léger et sérieux comme elle ne l'avait jamais vu.

– S'ils sont assez fous pour me faire confiance et me laisser près de toi, dit-il, ils méritent ce qu'ils obtiennent.

Cela ressemblait presque à un vœu.

– Tout ce que je sais, c'est que je suis là où je veux être, aussi longtemps que cela durera. Et il ne reste plus que quatre jours avant Noël.

La voix de Lindsay devenait chevrotante.

– Quatre jours, ce n'est rien.

– Au contraire, Lindsay.

Ses yeux s'envolèrent vers elle.

– C'est tout.

Il passa le bord de son doigt contre sa joue, juste à côté de ses lèvres. Lindsay ne bougea pas d'un cil.

– Maintenant, dit-il, si tu le veux bien, j'aimerais te donner un début de preuve.

– Mais…

La bouche de Fred captura la sienne, faisant taire les mots qu'aucun des deux ne voulait entendre.

Quand Fred se décida enfin à détacher ses lèvres de celles de Lindsay, il prit son visage dans ses mains et la regarda dans les yeux.

Quel imbécile il avait été d'avoir même pensé à la confier à quelqu'un d'autre. Cette belle, fragile et rayonnante masse de contradictions. Dieu merci, elle avait renvoyé son superviseur, et ils lui avaient permis de revenir. Il se rendit compte que c'était sans doute le résultat qu'il espérait, au fond de lui, depuis le début.

Fred caressa le coin de sa bouche avec son pouce. Même s'il ne pouvait passer que quatre jours de plus avec elle, comment aurait-il pu se détourner d'elle ? Il avait failli laisser un trésor lui filer entre les doigts.

Personne d'autre ne pouvait la connaître comme lui. Ils s'étaient rencontrés à peine quelques jours avant, et il avait l'impression de la connaître depuis toujours. Pourtant, il lui restait tant à apprendre. Les informations que lui avait données le quartier général lui semblaient tout à coup insignifiantes, la plus vague des esquisses au crayon, une liste grise et terne de faits et de chiffres. Connaître Lindsay, c'était passer du temps avec elle, vivre des moments avec elle, entendre ses pensées, ses souvenirs et ses souhaits de sa propre bouche. S'il parvenait à se retenir de passer tout ce temps à l'embrasser.

Quatre jours de plus. Comment pourrait-il avoir assez de temps ? Par où même commencer ?

De la même façon qu'il avait accompli tout ce qu'il avait fait dans sa vie jusqu'à présent, décida Fred.

Un pas à la fois.

* * *

Vingt-quatre heures plus tard, l'appartement de Lindsay explosait de joie et d'esprit de Noël, à la grande satisfaction personnelle de Fred.

Les courses étaient faites, les cadeaux emballés et déposés sous le sapin, attendaient d'être livrés aux collègues et à la famille. Il avait neigé pendant la nuit et Fred avait tiré les rideaux de la fenêtre derrière le sapin pour profiter de la blancheur éclatante de l'extérieur. Des chants de Noël s'échappaient de la chaîne stéréo. Il avait poussé Lindsay à sortir d'autres éléments de décoration du placard, et des longueurs de guirlandes de houx s'étalaient sur le dessus du téléviseur, les armoires de la cuisine et le manteau de la petite cheminée. Sur celle de la cheminée, ils avaient accroché quelques-unes des boules de Noël qu'ils n'avaient pas pu mettre sur le sapin.

Mieux encore, elle s'était souvenue d'une crèche rangée dans une boîte sur l'étagère supérieure du placard. Fred expulsa rapidement le poinsettia de la table d'appoint près du canapé et l'aida à installer la scène séculaire.

– C'est beaucoup mieux, approuva-t-il en reculant pour embrasser le spectacle. Au fait, qu'est-il arrivé au petit arbre électrique ?

– Je l'ai mis dans la chambre à coucher. Ce n'est pas le plus beau sapin de Noël, mais il fait une belle veilleuse.

Il hocha la tête.

– Il devrait y avoir un petit Noël dans chaque pièce. Bien sûr, il y a toujours de la place pour ajouter de la déco de Noël.

Un drôle de demi-sourire se dessina sur le visage de Lindsay. Soupçonneux ? Penaud ? Il devrait le deviner maintenant, mais il n'arrivait pas à le savoir.

Elle disparut dans la chambre et revint avec une boîte en carton, au moins aussi grande que celle qui se trouvait au fond du placard de l'entrée. Fred s'empressa de lui prendre ce poids des mains et de le porter jusqu'au salon. Lindsay ouvrit les rabats de la boîte pour révéler un petit trésor de bibelots de Noël assortis – des figurines de rennes, des bonshommes de neige en peluche, des casse-noix en bois, et bien d'autres choses encore. Certains d'entre eux étaient encore neufs dans leur boîte. C'était sa Lindsay. Elle gardait toujours les choses dans des boîtes. Sauf que cette fois, elle les avait sorties d'elle-même.

Fred découvrit une boule de gui artificielle en plastique. À un moment où Lindsay ne regardait pas, il l'accrocha au-dessus de la porte de la cuisine et attendit qu'elle la découvre.

Si elle ne le faisait pas, très vite, il l'aiderait.

En fin d'après-midi, ils avaient trouvé une place pour chaque élément, et Fred poussa la boîte dans le couloir.

– Eh bien, c'est tout, mademoiselle Miller ? Ou vas-tu faire sortir maintenant des guirlandes de tes oreilles ?

Elle rit.

– Un brin à la fois.

Il aimait la faire rire. C'était un son délicieux – léger, abandonné, presque enfantin. Rien à voir avec la jeune femme sérieuse qu'elle s'efforçait d'être.

C'était devenu sa stratégie. La faire rire. L'occuper. Faire en sorte qu'elle ne pense pas à la pile de cartes de Noël restées inutiles sur le plateau devant le canapé. La pile avait un peu diminué depuis la nuit où il l'avait rencontrée, mais le plateau lui-même n'avait pas bougé. Lorsque Lindsay y jetait un coup d'œil, ses yeux s'embrouillaient momentanément. Mais elle devenait douée pour éviter de regarder dans cette direction.

Ils commençaient tous les deux à bien savoir éviter certaines choses. Comme par exemple toute mention des ordres qu'il avait reçus du quartier général. Ou ce qui se passerait ensuite, lorsqu'il devrait la quitter.

Pour l'instant, ses yeux gris clair étaient remplis de cette étincelle dont il ne pouvait se passer. Quelque part au cours de leur petite bataille sous le gui, elle avait décidé de lui faire confiance, d'accepter les choses telles qu'elles étaient pour le moment. Et il ferait tout ce qui était en son pouvoir pour qu'il en soit ainsi. Peu importait ce que voulait le quartier général… du moins pas pour l'instant.

– Comment as-tu pu accumuler autant de décorations ? demanda-t-il.

Elle se tenait au centre du salon, surveillant leur travail.

– J'en achète tous les ans, quand elles sont en solde après Noël.

Sa voix baissa.

– Quand je commence à me dire que l'année prochaine sera différente.

– Eh bien, ça va changer.

L'étincelle faiblit. Elle ne répondit pas.

– Lindsay, insista-t-il, ce n'est pas moi qui l'ai fait. Ce n'est pas moi qui ai acheté deux douzaines de petits rennes. Même saint Nicolas n'a besoin que de huit figurines. Tu les as toujours voulus. Ils sont à toi. Profites-en.

– L'année prochaine, ce ne sera pas la même chose.

Elle ne dit pas le reste de ses pensées.

Ils allaient donc devoir faire preuve d'un peu de sérieux après tout. Fred s'approcha d'elle et passa un bras autour de sa taille.

– Non, ce ne sera pas la même chose. Ça ne l'est jamais. Les gens vont et viennent, ils vieillissent, déménagent, ont des enfants. Il n'y a qu'une seule constante dans tout Noël.

Il fit un signe de tête en direction de la crèche qui se trouvait à quelques mètres de là.

– Et c'est une raison suffisante pour se réjouir.

Il observa Lindsay dont les yeux suivaient la direction de son hochement de tête.

– Je sais.

S'il ne pouvait lui laisser qu'une seule chose, il fallait que ce soit ça. Il ne devait pas laisser ses propres motivations égoïstes se mettre en travers de son chemin. Mais Lindsay avait l'air solennel, et Fred ressentait le besoin désespéré de détendre l'atmosphère.

Il savait exactement comment s'y prendre.

– Voyons si nous pouvons finir ce qu'il reste de ce caramel.

Fred passa ses doigts dans les siens et l'entraîna vers la cuisine.

Quand il la retint par la main sous l'arcade, et son piège de gui, Lindsay rit. Mais pas pour longtemps. Il lui prit un baiser, et Lindsay se pendit à son cou immédiatement, ses lèvres cédant et donnant des baisers à la fois. Il fallut plusieurs minutes avant qu'il ne puisse se résoudre à relever la tête. Jusqu'à présent, il ne s'était jamais concentré sur autre chose que le présent, mais jusqu'à présent, il n'avait jamais cru que le présent pouvait avoir un goût d'éternité. Ressentait-elle ne serait-ce qu'une fraction de ce qu'il ressentait ? Il plongea son regard dans celui de Lindsay : ses yeux étaient de nouveau brillants, ses joues rougies.

Oui. Au moins une fraction.

– Je pensais que c'était le caramel qui t'intéressait.

Lindsay ne bougea pas d'un centimètre vers la cuisine, ne retira pas ses bras.

– J'ai trouvé quelque chose de plus doux.

Lorsqu'il l'embrassa à nouveau, elle s'adossa au mur, comme pour savourer le luxe du moment. Ses doigts s'emmêlèrent dans les cheveux au-dessus de sa nuque, l'attirant à elle. La chaleur de son corps, si proche du sien, rendait tout le reste incroyablement lointain. Les mains de Lindsay glissèrent le long de son dos, son corps se pressa plus fermement contre le sien.

Des idées impossibles lui traversèrent l'esprit. Il n'en était pas question. Mais que se passerait-il s'il emmenait Lindsay dans la chambre, avec cet arbre aux couleurs clignotantes dans la pénombre de fin d'après-midi ?

Il n'y avait qu'une seule réponse à cette question.

Qu'ils sortent tous les deux de cet appartement. Au plus vite.

Chapitre 10

– Qui a eu cette idée ?

Lindsay essaya de prendre le ton de la plaisanterie en s'avançant sur le lac gelé. N'importe quoi pour dissimuler la panique dans sa voix. C'était la panique qui l'emportait.

Et la question était rhétorique. Qui d'autre que Fred aurait pu l'inciter à conduire jusqu'à la montagne pour avoir le privilège de clopiner sur la glace sur des patins étroits et précaires ? Sous les lames métalliques de ses pieds, la surface semblait encore plus glissante qu'elle n'en avait l'air.

Fred serra ses mains dans les siennes.

– Je te tiens.

Cela allait de soi. Sinon, elle serait déjà dans tous ses états. *Des enfants de six ans savent patiner*, se rappela-t-elle alors que l'un d'eux passait en trombe, laissant de minuscules copeaux de glace éparpillés à ses pieds. Les deux mains gantées de noir de Fred tenaient fermement les siennes et il la guidait lentement sur la glace, prenant garde de rester près du bord du lac.

Lorsque Fred l'avait suggéré, le patinage sur glace lui était apparu comme une aventure amusante en hiver. Mais les patins à roulettes – les patins normaux, en tout cas – ont quatre roues à chaque pied pour vous garder ancré à la terre, au lieu de chanceler comme un bébé girafe qui fait ses premiers pas. Le fait que Fred patine à reculons, pour rester en face d'elle, ne la rassurait pas. Elle se serait sentie beaucoup mieux s'il pouvait voir où il allait.

Il lui sourit, apparemment amusé par ses petites foulées saccadées.

– Avais-tu déjà patiné ?

– Une fois. Quand j'avais environ douze ans. Et toi ?

– Pas que je me souvienne.

– Alors comment...

Un adolescent coupa la route de Fred par-derrière, et Fred le contourna habilement sans un regard en arrière.

– Je pense que c'est un phénomène d'osmose.

– Tu veux dire que le patinage sur glace est aussi soumis au principe du « besoin de savoir » ?

Fred vacilla légèrement.

– Attention. Ne me fais pas réfléchir. N'oublie pas que c'est moi qui nous maintiens tous les deux debout.

Il fit une plus longue glissade sur un pied vers l'arrière, apparemment sans effort, et Lindsay sentit qu'ils prenaient un peu de vitesse. Elle fut déséquilibrée et serra ses mains gantées un peu plus fort sans le vouloir. Elle ne l'avait jamais vu porter de gants auparavant ; elle était presque sûre qu'il n'avait pas besoin de se protéger du froid. Il avait même remis son chapeau haut de forme ce soir, avec l'approbation de Lindsay. Dans la rue, il aurait été ridicule, mais dans ce cadre hivernal, c'était parfait, plus flatteur que les bonnets en tricot ou les masques de ski que portaient certains hommes ici. Le chapeau haut de forme était élégant. Il avait un air de Noël.

Ou peut-être avait-elle perdu la raison avant même qu'ils ne quittent son appartement.

Comme elle ne titubait pas, Fred augmenta encore leur vitesse. Lindsay sentit un léger frôlement de l'air froid de la nuit sur ses joues, et se rappela pourquoi l'idée lui avait semblé bonne.

– C'est mieux ? s'enquit Fred.

– C'est mieux. Mais ça te dérangerait de ne pas patiner à reculons ?

– Pour toi, je ferais n'importe quoi.

Il l'avait dit sur un ton léger, mais elle avait entendu l'accent de vérité dans sa voix.

Il prit la main droite de Lindsay dans sa main gauche et patina à côté d'elle avec une aisance qui l'aurait surprise chez n'importe qui d'autre. Il lui avait laissé le bord extérieur du lac, une petite mesure de sécurité supplémentaire. Parce que les patinoires à l'intérieur d'un bâtiment avaient un rebord. Ici, il n'y avait rien d'autre que Fred à quoi s'agripper.

Ce n'était pas si mal, décida-t-elle, tandis qu'il glissait sa main gantée sous son bras. En fait, elle aurait eu du mal à faire mieux. Lindsay le suivait sur la glace avec un peu plus d'aisance maintenant – sa démarche n'était pas gracieuse, loin de là, mais patiner lui faisait du bien. Cela semblait plus facile maintenant qu'ils allaient dans la même direction.

Fred s'était empressé de les faire sortir de l'appartement, et il n'était pas difficile de comprendre pourquoi. L'air vivifiant était l'équivalent littéral d'une douche froide, et Lindsay savait qu'elle en avait aussi besoin. Ici, sous la lumière des lampes d'extérieur, elle pouvait se rapprocher de Fred autant qu'elle le voulait, sans craindre que les choses ne dégénèrent.

Même sans parler de cela, ils devaient être en train d'enfreindre les règles du quartier général de six façons différentes. Mais si cela ne dérangeait pas Fred, elle ne souhaitait pas en parler.

Comment avait-elle pu passer de la menace, en brandissant une canne, à cette situation ?

Et comment diable allait-elle pouvoir reprendre une vie normale après cela ?

Il y avait moins d'une semaine, elle était enfouie dans sa routine, allant et revenant du travail, essayant de remplir ses obligations entre-temps, tout en regardant Noël passer dans le flou, du coin de l'œil. Maintenant, elle était en plein cœur de la fête, sentait l'air vivifiant autour d'elle, tenait une main dont elle pouvait jurer qu'elle lui donnait de la chaleur directement à travers leurs deux gants.

Mais c'était bien plus qu'une chaleur physique qu'elle ressentait. Avec Fred, elle se sentait spéciale, appréciée. Il améliorait aussi le monde autour d'elle : plus lumineux, plus riche, comme si elle le voyait plus clairement. Lindsay ne se souvenait pas d'avoir ressenti cela avec un autre homme, pas même avec Steven, et elle n'avait jamais été aussi proche de quelqu'un d'autre depuis. Avec Steven, elle s'était sentie en sécurité et à l'aise. *C'était agréable*, admit-elle à contrecœur.

Être avec Fred, c'était tellement mieux. Bien plus que ce qu'elle méritait.

Et il serait parti si vite.

Sa foulée faiblit, et le bras de Fred l'aida instantanément à se redresser.

– Tu réfléchis encore, n'est-ce pas ? N'oublie pas que le secret, c'est de *ne pas* penser.

Elle se demandait s'il parlait du patinage ou non.

Fred leur fit prendre un virage alors qu'ils approchaient de la rangée de barricades en bois qui empêchaient les patineurs d'accéder à la partie inutilisée du lac – que ce soit pour des raisons de sécurité ou pour maintenir la zone ouverte au public à une taille raisonnable, Lindsay n'en était pas sûre. Mais alors qu'ils traversaient le centre du lac, elle essaya de ne pas penser à la profondeur de l'eau sous leurs pieds.

Ne pas penser. Ne pas penser à l'eau. Ne pas penser à ce qui se passerait quand il partirait.

Puis ils atteignirent le rivage de l'autre côté et se retournèrent. Le bras de Fred serra la main de Lindsay contre lui. Et le cœur de Lindsay s'allégea, en même temps que ses pas. Elle respira profondément l'air froid.

Le lac était magnifique. La glace blanche et la neige, les pulls et les bonnets brillants des patineurs autour d'eux, le tout sur le fond lointain du ciel noir de la nuit, avec ses minuscules points blancs des étoiles. Les haut-parleurs près de la cabane de location de patins diffusaient de la musique de Noël à peine audible, et même cette musique était jolie dans son contexte. *C'est le moment de l'année… Quand le monde tombe amoureux…*

Ses patins glissaient doucement sur la glace et Lindsay se sentait légère, comme si elle ne touchait pas le sol. Elle devait reconnaître que Fred avait raison. Elle n'avait jamais vécu aussi complètement dans le présent. Il n'y avait rien d'autre que *le moment présent*. Lindsay s'imprégna de tout cela et laissa le moment présent remplir son cœur.

Elle n'avait pas le droit d'être aussi heureuse.

Fred guida à nouveau Lindsay autour du lac, la sentant se détendre un peu plus à chaque pas. C'était comme regarder une fleur s'épanouir dans la neige, la voir s'ouvrir ainsi. Et le bourgeon avait été magnifique au départ. Une fois, il avait essayé de les faire tourner dans la partie peu profonde du lac, près d'un rebord de neige à l'aspect doux. Ils avaient failli basculer ; après avoir poussé un cri, elle s'était effondrée contre lui dans un éclat de rire de petite fille.

Leurs sorties de Noël semblaient certainement lui faire du bien. Mais à ce stade, il ne pouvait plus prétendre qu'il faisait cela uniquement pour elle. Rendre Lindsay heureuse le rendait heureux. Une forme étrange d'égoïsme, peut-être, mais de l'égoïsme quand même.

Et en ce qui concernait la némésis invisible, Steven…

Il se rapprocha un peu plus de Lindsay alors qu'ils prenaient le virage qui les menait le long de la zone bloquée au centre du lac, la partie qui la rendait nerveuse. Une fois de plus, ses doigts se resserrèrent autour des siens, et il lui rendit la pareille.

Qu'il la renvoie ou non vers Steven ne pouvait pas faire de différence pour lui. De toute façon, à Noël, Fred ne la reverrait plus jamais. Pourtant, quelque chose au plus profond de lui résistait.

Avant, il n'avait jamais eu de *plan*. Mais il avait toujours eu un *but*. C'était comme être en chute libre. Exactement comme la chute libre, c'était à la fois exaltant et terrifiant. Quelles répercussions du quartier général l'attendaient au bout de ces quatre jours, il ne le savait pas. Mais en ce moment, une chose était claire comme de l'eau de roche : il allait profiter de Lindsay pendant qu'il l'avait, et au diable les conséquences.

Quelques secondes plus tard, un bruit fort et aigu emplit l'air. Suivi d'un millier de petits craquements sous ses pieds. Lindsay entendit un bruit semblable à un coup de feu. Un instant plus tard, quelqu'un lui tira le bras gauche comme s'il voulait le lui arracher.

Elle essaya de se dégager, de revenir vers Fred, mais elle ne pouvait même pas le voir. Tout se brouillait devant elle et quelqu'un la tirait en arrière par les deux bras, et les lames de ses patins raclaient la glace. D'énormes fissures en forme de toile d'araignée partaient en rayons sur la glace. Elle entendit le sifflet de l'arbitre, des cris, et derrière tout cela, ce craquement sinistre.

Un coup plus fort qu'avant retentit – comme une explosion – et un énorme panache d'eau jaillit vers le haut, derrière les personnes qui cachaient Fred à sa vue.

La dernière partie de la foule qui la précédait fila devant elle alors que les gens atteignaient les bords du lac, moins profonds, encadrés par des agents de sécurité vêtus de gilets rouge vif. Toujours en train de se débattre contre les mains qui la tiraient, Lindsay fixa un trou béant dans la glace déchiquetée, à six mètres d'elle.

Un grand chapeau noir flottait à la surface de l'eau.

Chapitre 11

Ils ne la laissaient pas s'approcher de lui. Des mains et des bras continuaient à la tirer en arrière, elle ne savait pas combien, elle savait seulement qu'elle ne pouvait pas atteindre le trou dans la glace qui venait d'avaler Fred. Le cœur de Lindsay cognait contre ses côtes comme un marteau-piqueur. Peu à peu, elle se rendit compte qu'elle était en train de crier.

– Calmez-vous, dit un homme à la voix rauque à sa droite.

Il avait bloqué son bras derrière elle. Elle se concentra sur lui assez longtemps pour voir qu'il s'agissait de l'un des douze agents de sécurité qu'elle avait vus éparpillés autour du lac.

Pourquoi perdait-il son temps à la retenir, alors qu'il devrait aider Fred ?

Elle arrêta de crier, non pas parce qu'il lui avait dit de se calmer, mais parce qu'elle était épuisée par l'inutilité de ses cris. Ses bras lui faisaient mal, et elle cessa de tirer sur les autres mains qui la retenaient. Brusquement, elle se sentit molle. Elle ne pouvait pas détourner son regard de ce trou dont les bords ressemblaient à des déchirures créées par d'énormes dents de carnivore.

Combien de temps cela avait-il duré ? Trente secondes ? Trois heures ?

Elle se tourna vers son chien de garde aux vêtements rouges. Il avait un visage large et rougeaud.

– Vous devez…

Il posa une main sur son épaule, comme s'il craignait qu'elle ne devienne à nouveau folle, et fit un signe de tête en direction d'un groupe d'autres personnes vêtues de rouge sur la glace, à peu près à mi-chemin entre le trou et la foule de patineurs. La scène commença à prendre un certain sens.

Avec ce qui semblait être une lenteur atroce, l'équipe de sécurité se dispersa pour former une chaîne, à plat et face contre terre, traversant la glace précaire et fissurée en direction du trou. Chacun d'entre eux saisit les jambes de l'homme qui se trouvait devant lui – prêt, réalisa-t-elle, à effectuer un deuxième sauvetage si la glace se fissurait davantage. Les yeux de Lindsay retournèrent sur le trou. Quelqu'un pouvait-il être encore en vie là-dessous ?

Fred *pouvait-il* mourir ? Elle n'en savait rien.

C'est ma faute, c'est vraiment ma faute, rien que ma faute… bien qu'elle ne puisse pas dire pourquoi, si ce n'était que sans elle, il n'aurait pas été là pour commencer. Même maintenant, elle ne lui apportait rien de bon. Elle avait été complètement inutile. Pire que ça, elle avait paniqué.

Une main gantée de noir s'agrippa à la glace au bord de l'eau.

Lindsay fit un pas en avant sans réfléchir, seulement pour sentir le préposé saisir plus fermement son épaule. Elle regarda, impuissante, le premier homme de la ligne atteindre la main gantée. Lentement, ils sortirent une silhouette noire et molle du trou.

L'instant d'après, Lindsay s'aperçut que l'employé costaud à côté d'elle lui avait fait baisser la tête, ce qui l'avait pratiquement fait tomber.

– Je ne vais pas m'évanouir, dit-elle.

– Pas maintenant, non, en convint-il.

Elle se redressa, lentement, toujours retenue par la main rugueuse à l'arrière de son cou. Pour sa plus grande inquiétude, ils étaient en train d'emmener la silhouette molle de Fred, soutenue par trois ou quatre des hommes, vers la cabane de location de patins située de l'autre côté du lac, là où elle se tenait.

– Je dois...

– Vous devez attendre ici, dit-il en faisant preuve de patience.

– Les ambulanciers sont en route. Nous devons le mettre au sec, vérifier ses signes vitaux...

Signes vitaux. Lindsay sentit la terre se dérober. L'idée de la vulnérabilité en chair et en os de Fred la frappa de plein fouet une fois de plus. Son corps fonctionnerait-il de la même façon que celui de n'importe qui d'autre lorsqu'ils l'examineraient ? Elle n'en avait aucune idée.

Tout est de ma faute. Mais même sa culpabilité semblait égocentrique, alors elle ferma les yeux et dirigea toute son énergie, ses prières et sa concentration vers une seule pensée : *Faites qu'il aille bien !*

* * *

Fred ne se souvenait que très peu de ce qui s'était passé ensuite. Mais alors, très peu de choses avaient un sens.

Il s'est retrouvé dans une sorte d'arrière-salle rudimentaire, toute de béton et de bois, entouré d'employés dévêtus. Ils l'avaient recouvert d'une couverture de survie, lui avaient pris le pouls et s'étaient montrés très gênants. Il n'avait besoin que d'une seule chose. Ne le savaient-ils pas ?

– Est-ce que Lindsay va bien ?

– Qui est Lindsay ? dit l'un d'eux.

Un autre dit :

– Ce doit être la fille qui était dehors en train de s'égosiller.

Fred essaya de se redresser, et deux d'entre eux le repoussèrent vers le bas avec un zèle inutile. Il retomba sur le petit lit de camp branlant comme un sac de pommes de terre. Des pommes de terre froides et humides.

– Ils l'amènent ici, elle va vous attendre, dit un troisième, et Fred le considéra instantanément comme le seul bonhomme utile du lot.

Les choses devinrent floues après cela. Ils semblaient obsédés par le fait de s'assurer que son cœur et ses poumons fonctionnaient. Ils lui donnèrent des vêtements secs, sortis de nulle part. Ça, au moins, ça avait du sens. Ses mains et ses pieds étaient d'abord engourdis ; puis il les sentit en feu, les hommes lui assurèrent que c'était une bonne chose. Le reste de son corps était froid, froid comme il ne l'avait jamais été auparavant. Il avait entendu l'expression « être glacé jusqu'à l'os », et maintenant il savait exactement ce que cela signifiait.

Finalement, ils laissèrent entrer Lindsay. Une Lindsay plus pâle qu'il ne l'avait jamais vue. Elle était manifestement inquiète, et pour une raison étrange, son inquiétude lui plut. Il essaya de trouver quelque chose d'intelligent à dire pour lui montrer qu'il allait bien. Rien ne lui vint.

Lindsay ne dit rien non plus. Elle alla juste vers lui et l'entoura dans une douce étreinte protectrice. Ses cheveux tombaient sur son visage. Ils le chatouillaient abominablement, et rien n'avait jamais été aussi merveilleux.

Il n'avait besoin de rien d'autre.

Une heure plus tard, il n'arrivait toujours pas à se réchauffer.

Fred s'était blotti sur le canapé de Lindsay, enfoui sous l'arsenal de couvertures qu'elle lui avait apportées. Elle l'avait installé à l'extrémité du canapé la plus proche de la cheminée, même si elle reconnaissait que les flammes bleues et orangées du gaz n'apportaient pas grand-chose en termes de chaleur.

Cela n'avait pas d'importance. Ce froid venait de l'intérieur, probablement de la façon dont la plupart des gens se sentiraient après avoir été plongés dans de l'eau en dessous de 0 °C. Mais il n'avait jamais ressenti aucune sorte de froid, au-delà de cette sensation de picotement à la surface de sa peau, ou de cet air délicieux et vivifiant qui lui donnait de l'énergie.

Il n'avait jamais frissonné auparavant. Maintenant, il ne pouvait plus s'arrêter.

Et Lindsay n'arrivait pas à s'asseoir.

Elle était dans la cuisine, en train de faire quoi, il n'en était pas sûr. Elle n'avait pas cessé de chercher à le mettre à l'aise depuis qu'ils avaient franchi la porte. Alors que tout ce qu'il voulait vraiment, c'était qu'elle *atterrisse* de préférence quelque part à portée de main.

Enfin, son souhait fut exaucé. Lindsay arriva avec une tasse fumante à la main – une seule – et la posa sur un plateau qu'elle avait installé à côté du canapé. Elle s'assit à côté de lui, appuyée contre son bras, et Fred ferma les yeux. Même à travers les couches de couvertures, elle lui apportait une chaleur qu'il pouvait sentir.

Il voulait lever le bras et l'entourer, mais il n'arrivait pas à rassembler l'énergie nécessaire. Et il ne savait pas s'il devait le faire.

Les choses avaient terriblement mal tourné, et il soupçonnait pourquoi.

– Bois ça, lui dit-elle. Cela devrait t'aider à te réchauffer.

Il n'avait jamais été chouchouté avant non plus, une autre nouvelle expérience. Il n'arrivait pas à savoir s'il aimait ça ou non. Il savait qu'il avait été satisfait, d'une manière perverse, par l'inquiétude qu'il avait vue sur le visage de Lindsay au lac, mais cela ne lui semblait pas correct. Il ne devrait pas se réjouir de la voir bouleversée pour quelque raison que ce soit.

Il décida donc de coopérer et but une gorgée de la tasse qu'elle lui avait apportée. Le liquide avait un goût étrange et salé, pas du tout ce à quoi il s'attendait.

– Qu'est-ce que c'est ?

– Du bouillon de poulet.

Elle s'agita.

– Je suis désolée, je peux te donner…

– Non. S'il te plaît.

Il faillit rire.

– Ne te lève plus. Tu es la seule chose chaude ici.

Elle se réinstalla, revenant appuyer son poids moelleux contre son bras. Fred prit une autre gorgée prudente de sa tasse, essayant d'assimiler le goût et l'odeur à ces morceaux de poulet qu'il avait vu Lindsay manger l'autre jour. Il y avait des lustres.

Un instant plus tard, sa main s'approcha de la sienne sous la couverture. Mais au lieu de tenir sa main, les doigts de Lindsay remontèrent dans sa paume et se posèrent sur l'intérieur de son poignet.

– Tu vérifies mon pouls ? dit-il sèchement. Et qu'est-ce que cela va t'apprendre ?

Ses doigts s'immobilisèrent et il regretta son ton.

– Je ne sais pas. Je crois que la normale est censée être de soixante-dix battements par minute ou quelque chose comme ça.

Elle glissa ses doigts dans les siens sans les serrer. C'était mieux.

– Quand ils t'ont fait retourner là-bas pour t'examiner, j'ai eu peur qu'ils ne trouvent un cinquième cœur ou quelque chose comme ça.

Sa remarque déclencha un gloussement dans sa poitrine. Elle était étrangement douloureuse ; il n'était pas sûr que la sensation soit physique.

– Je n'y avais pas pensé.

Il n'avait pensé qu'à l'endroit où se trouvait Lindsay et au moment où ils la ramèneraient à lui.

– Un *cinquième* cœur ?

Elle a haussé les épaules contre son bras.

– Je me suis dit que si quelqu'un avait un cœur en trop, ce serait toi.

Fred fixa le feu. Elle n'avait aucune idée de la créature égoïste qu'il était devenu. Il s'était éloigné de la mission qui lui avait été confiée – les intérêts de Lindsay – et ne pensait qu'à lui-même. Et le quartier général le lui avait fait savoir, en des termes très clairs.

– Ce n'était pas un accident, tu sais.

Lindsay écarta la tête de son épaule, et il regretta de l'avoir dit.

– Quoi ?

– Penses-y. Ce lac s'est ouvert sous le poids d'une seule personne.

Il ébaucha un sourire.

– Toi et moi n'avons pas vraiment respecté les règles, tu sais.

– Tu veux dire qu'au lieu d'être frappés par la foudre, ils… ?

Fred haussa les épaules, essayant de faire preuve d'une légèreté qu'il ne ressentait pas.

– Tu dois admettre que c'était un moyen efficace d'attirer mon attention.

Dans la douce lueur du feu, ses beaux yeux étaient devenus tout ronds et horrifiés. Elle relâcha ses doigts et s'assit en arrière, loin de lui, emportant sa chaleur avec elle.

– Alors *c'est ma faute.*

De quoi parlait-elle ? Et qu'essayait-il de faire à cette pauvre fille ? Au prix d'un effort, il libéra la main de Lindsay des couches de couvertures et tendit la sienne.

– Lindsay. Détends-toi. C'est *ma* faute. C'est moi qui ne fais pas mon travail. Après tout, ils ne *t'*ont pas fait tomber à travers la glace.

Il n'aurait pas pensé que ses yeux pouvaient devenir…

Mais c'est pourtant ce qui se passa. Enfin, il attrapa sa main et la serra.

– Tu sais quoi ? Peut-être que je pourrais utiliser autre chose après tout. Du chocolat chaud ?

Il ne savait pas pourquoi il pensait que cela pourrait la rassurer, mais cela semblait être le cas.

Dans la cuisine, Lindsay s'accorda un bref moment pour poser ses coudes sur le comptoir et se couvrir les yeux. Elle prit plusieurs respirations profondes, en silence pour que Fred ne les entende pas.

Il ne s'agit pas de toi. Céder à ses propres émotions ne lui apporterait rien de bon.

Il voulait une tasse de chocolat chaud. Cela, elle pouvait le faire. Lindsay ouvrit l'armoire près de l'évier. Du chocolat en poudre. Du lait. Et oui, un soupçon de vanille.

Quelques minutes plus tard, elle revint dans le salon, la tasse à la main. Lindsay se figea et regarda fixement, sans bouger, jusqu'à ce que le lent mouvement de sa poitrine la rassure sur le fait qu'il respirait.

C'était un spectacle qu'elle n'avait jamais vu auparavant et, d'une certaine façon, qui était étrangement inquiétant.

Fred Holliday dormait profondément sur son canapé.

Lindsay se réveilla avec un autre son inconnu : la toux d'un homme au bout du couloir. Elle écarquilla les yeux, fit basculer ses jambes sur le lit avant que son cerveau n'ait le temps de rattraper son retard.

Fred, qui toussait. Ce n'était pas possible.

Elle s'empressa d'attraper son peignoir, puis trébucha dans le salon. La toux résonna alors qu'elle se dirigeait vers le hall, et elle essaya de l'évaluer avec une oreille d'amateur. Ce n'était peut-être pas une toux profonde qui faisait craquer les poumons, mais ça n'avait pas l'air bon.

Fred, avec son mètre quatre-vint-cinq, était tordu sur le canapé d'un mètre cinquante de Lindsay, et une nuit de sommeil n'avait pas amélioré la position dans laquelle elle l'avait maladroitement allongé la nuit dernière. Les multiples couvertures qu'elle avait tirées des armoires et de son propre lit s'étaient nouées autour de lui. Il avait les yeux fermés ; elle ne pouvait pas dire s'il était réveillé ou non. Avec précaution, elle posa ses doigts sur sa joue. Chaude. Bien sûr.

Et mal rasée. Fred n'avait jamais eu besoin de se raser auparavant.

À son contact, il ouvrit les yeux, avec un regard d'abord vitreux. Un de ses bras vint encercler ses épaules, l'attirant vers le bas dans une sorte d'étreinte relâchée. Il murmura :

– Es-tu mon ange gardien ?

Était-ce une blague, ou Fred était-il en train d'halluciner en plus d'être fiévreux ? Lindsay se redressa pour mieux l'observer, et son bras glissa sans résistance. Il ne semblait plus avoir de force.

Il déclara :

– Quelque chose me dit que ce chocolat chaud est devenu froid.

Ça, au moins, c'était lucide.

– Huit heures auront suffi, déclara-t-elle.

– Qu'est-il arrivé à mon manteau ?

D'accord. Il n'était définitivement pas tout à fait concentré encore.

– Il a été mouillé.

– Je le sais, mademoiselle bêta. Je veux dire, où est-il ?

– Accroché à une chaise dans la cuisine. J'ai rapporté tous tes vêtements hier soir.

– Oh. Je me sens différent.

Il jeta un coup d'œil sur le sweat-shirt bleu marine qu'il portait, dont les manches lui arrivaient à peine aux poignets. La veille au soir, des passants bien intentionnés avaient improvisé pour lui fournir des vêtements de rechange. Les vêtements de tous les jours, mal ajustés et contemporains, devaient lui sembler très étranges.

Fred ouvrit la bouche pour parler, mais il se pencha en avant sous l'effet d'une nouvelle quinte de toux. Trop grand pour tenir sur son canapé, il semblait pourtant impuissant. Lindsay posa une main légère sur l'arrière de son épaule, grimaçant en sentant son corps trembler. Elle découvrait qu'elle avait des instincts maternels latents inquiétants. Mais elle n'avait aucune idée de la façon de les utiliser.

– Tu es malade, constata-t-elle.

– J'ai remarqué.

Fred s'affaissa sur son oreiller avec un sourire ironique.

– Ne t'inquiète pas. Je suis sûr que ce n'est rien de grave, un simple rhume.

Elle fronça les sourcils.

– Tu n'es pas censé en attraper.

– Tout va bien.

Sa voix n'avait pas sa résonance habituelle. Elle se contenta de l'essentiel.

– As-tu faim ?

– Je crois que oui.

Fred avait l'air de penser que cette idée était nouvelle pour lui. C'était probablement le cas. Lindsay l'avait déjà vu manger des choses comme du chocolat, des marrons et du cacao chaud, mais jamais un repas. Elle fit mine de s'en aller et il cligna des yeux.

– Lindsay, je ne peux pas te laisser…

Elle se leva et croisa les bras, le dominant de toute sa hauteur. Elle ne put s'empêcher de sourire.

– Essaie de m'arrêter.

Des œufs brouillés, décida-t-elle. Nourrissants, mais pas trop difficiles à manger. En cassant les œufs dans la poêle, Lindsay trouva du réconfort à pouvoir faire quelque chose d'utile. C'était très traditionnel. Une femme qui préparait le petit déjeuner pour…

Elle regarda la porte qui menait au salon. Si Fred n'était pas un ange, qu'*était-il* ? Et pourquoi était-il soudain si humain ?

Son cœur sombra lorsqu'elle entendit une nouvelle toux dans la pièce voisine. *C'est moi qui ai fait ça.* Elle balaya cette pensée inutile et se concentra sur la préparation du petit déjeuner. Une faible lumière grise filtrait à travers la fenêtre de la cuisine, lui rappelant une autre réalité : on était lundi matin. Elle était censée aller travailler. Son dernier jour et demi de travail avant d'être en vacances. Appeler pour se faire excuser n'était pas une bonne chose. Mais elle n'aimait pas l'idée de laisser Fred dans cet état. En fait, quelque chose de primitif en elle se sentait très mal à l'aise à l'idée de le laisser seul maintenant.

⋆ ⋆ ⋆

Fred se réveilla en entendant un bruit à côté de lui et ouvrit les yeux pour voir Lindsay poser une assiette et un verre sur le plateau qu'il avait utilisé la nuit précédente. *Bon sang, s'était-il encore endormi ?*

S'asseoir, même à moitié, représentait un effort incroyable. Il se sentait abominablement faible. Il tâtonna avec les œufs brouillés. À part si on comptait le bouillon de poulet que Lindsay lui avait imposé hier soir, il n'avait jamais mangé quoi que ce soit pour se nourrir. Si ce n'était pas sucré ou délicieux, il n'avait pas de raison de le faire. Mais il avait l'impression qu'il devait le faire maintenant.

Il vit Lindsay jeter un coup d'œil furtif à la petite horloge à balancier qui pendait à l'autre bout de la pièce.

– Tu dois aller travailler aujourd'hui, n'est-ce pas ?

– Je suis censée y aller. Mais…

Avait-il vraiment l'air si faible ? Lui faire quitter son bureau plus tôt pour une excursion de Noël était une chose. La garder à la maison parce qu'il était un gros tas sans défense sur son canapé était inacceptable.

– Ne sois pas ridicule. Tu ne peux pas rester à la maison pour moi. Ce n'est pas comme si j'allais m'évaporer sans toi.

Le visage de la jeune femme pâlit et Fred réalisa que c'était exactement ce dont elle avait peur. Il n'aurait jamais dû faire ces blagues sur le fait d'être frappé par la foudre ou de disparaître dans une bouffée de fumée.

Il essaya l'argument logique.

– Lindsay, si le quartier général devait être aussi vicieux, je ne serais jamais remonté à travers la glace. Ils *ne font pas* ce genre de choses. Fais-moi confiance.

Il était certain à quatre-vingt-dix pour cent qu'il disait la vérité.

– Alors pourquoi es-tu malade ?

– Ça, je n'en suis pas sûr. Je dois encore y réfléchir, dit-il tout en tentant de jouer le vieux ronchon. Peut-être que si j'avais un peu de temps à moi…

Il ne pouvait pas dire si Lindsay avait vu clair dans son jeu ou non. Elle hésita, une main passée dans ses cheveux, ce qu'il ne l'avait pas vue faire depuis longtemps. Elle quitta la pièce et revint quelques instants plus tard avec un petit bâton blanc. Un thermomètre, réalisa-t-il.

– Maintenant, je te le redemande, qu'est-ce que cela va te dire ? Pour autant que je le sache, ma température normale est…

Elle inséra le tube sous sa langue, le faisant taire efficacement. Il ne semblait pas utile de résister. Malgré toutes ses incertitudes, Lindsay était animée d'une indéniable détermination.

Quelques minutes plus tard, l'appareil émit un bip. Elle le sortit, l'examina et fronça les sourcils.

– 37,8°C.

– Qu'est-ce que cela signifie ?

– Ce n'est pas trop grave.

Elle fit claquer le thermomètre contre l'ongle de son pouce, visiblement toujours en plein débat intérieur. Elle regarda à nouveau Fred.

– Je me sentirais quand même mieux…

– Lindsay, *vas-y*.

Elle finit par partir. Mais pas avant d'avoir détaillé pour lui le contenu du réfrigérateur, d'avoir débarrassé sa vaisselle, de l'avoir encouragé à boire et de lui avoir montré comment fonctionnait la télécommande du téléviseur. Maintenant qu'elle le laissait se débrouiller seul, elle était passée de la fermeté et de l'autorité à l'inquiétude et au flottement.

Qu'est-ce qu'elle croyait – qu'il ne mourrait pas si elle le couvait du regard ?

Sagement, cette fois, il ne le dit pas à haute voix.

Lindsay ferma la porte derrière elle, et elle lui manqua immédiatement. Fred reposa sa tête sur l'oreiller, s'étonnant que quelqu'un puisse être à la fois si exaspérant et si merveilleux. Tout semblait lié au même sentiment, un sentiment sur lequel il n'osait pas mettre de nom.

Bientôt, cependant, cette étrange sensation de dérive commença à l'envahir. C'était étrange, ce besoin de repos.

D'habitude, soit il était éveillé, soit il ne l'était tout simplement pas. Pour être là où il voulait être, il suffisait de le penser, et ça se produisait. Entre les deux, il n'y avait rien. Au lieu de cela, il y avait tout ce temps vide de sens, dérivant dans et hors de la conscience, tandis que les heures s'égrenaient lentement.

Apparemment, ce corps, dans son état actuel, avait besoin de sommeil pour combattre la maladie, quelle qu'elle soit. Sa tête lui faisait mal, et il se sentait oppressé. D'accord, le quartier général lui donnait un petit avant-goût de la mortalité. C'était très amusant. Il se demanda s'ils avaient réalisé que la mortalité ne serait pas si terrible, si Lindsay l'accompagnait. Mais ce n'était pas le plan qu'ils lui avaient présenté. Ils étaient en train de le lui rappeler maintenant, en des termes très clairs.

Ce qu'ils n'avaient pas encore fait, c'était de lui permettre de les contacter. Après les premières heures, il en avait eu assez d'essayer de s'y rendre pour faire son rapport. De toute évidence, ils l'avaient laissé se débrouiller seul. Il tendit la main vers la télécommande. Fred fixa ses yeux sur l'écran coloré, essayant de se distraire avec les images. Il n'en était pas sûr, mais il semblait qu'une partie du but de la télévision était de ne *pas* penser. Il s'arrêta sur une chaîne montrant quelque chose en noir, blanc et gris. C'était un répit bienvenu, plus apaisant pour ses yeux que toutes ces images criardes.

En un instant, il reconnut le spectacle. C'était le film de Lindsay, *Un chant de Noël.* Il connaissait l'histoire à l'envers et à l'endroit parce que Lindsay l'adorait, mais il n'était pas vraiment familier avec le film. Il y avait à peine jeté un coup d'œil le premier soir où il était venu toquer à la porte. Maintenant, il se voyait entrer dans le petit bureau d'Ebenezer Scrooge.

Oh, c'était étrange.

Grâce à sa familiarité innée avec l'histoire, il pouvait pratiquement réciter le dialogue par cœur. Mais il était fasciné par sa propre image, ce joyeux Fred qui connaissait toutes les réponses.

Était-ce vraiment lui, il y avait une semaine ? Ou bien cette certitude avait-elle commencé à vaciller dès la première fois qu'il avait posé les yeux sur une jeune fille vulnérable aux cheveux clairs ?

Il dériva à nouveau, et lorsqu'il ouvrit les yeux, la télévision était revenue en couleur, et diffusait une publicité odieuse pour faire des économies de dernière minute pour les fêtes.

Chapitre 12

Lindsay se dépêcha de rentrer chez elle aussi vite qu'elle le pouvait, à moitié convaincue que Fred ne serait pas là à son retour. Les mots « J'ai tué un ange » lui avaient trotté dans la tête toute la journée. Cela ne lui serait jamais arrivé si elle n'avait pas été là.

Il avait nié être un ange. Mais il avait toujours été gentil avec elle, et Lindsay n'arrivait pas à se souvenir du bien qu'elle lui avait fait. S'il n'était pas un ange, qu'était-il ?

Le pas de la porte était sombre lorsqu'elle mit sa clé dans la serrure. Le 23 décembre, l'un des jours les plus courts de l'année. Aucune lumière de son arbre ne brillait à travers les rideaux de la fenêtre d'entrée ; elle aurait dû allumer l'arbre pour Fred. S'il avait été encore en état de bouger, il aurait sûrement allumé les lumières de l'arbre lui-même.

S'il était encore là.

Sur cette dernière pensée, elle se fraya un chemin dans l'appartement, effrayée par ce qu'elle allait y trouver.

Elle entra assez rapidement pour voir la tête de Fred tressaillir lorsqu'il se réveilla. Il était toujours affalé sur le canapé, dans une position très similaire à celle dans laquelle

elle l'avait laissé ce matin, la tête légèrement relevée par l'oreiller appuyé contre le bras du canapé.

Il cligna des yeux devant son entrée soudaine.

– Oui ? Le feu est dans la maison située deux portes plus bas.

Vivant, éveillé, et il l'accueillait avec une blague. Elle n'aurait pas pu espérer mieux. Lindsay s'appuya contre le chambranle de la porte, souriant tandis que le soulagement inondait ses membres. Puis elle pensa à tout l'air froid qu'elle laissait entrer et ferma la porte.

– Je ne voulais pas te réveiller.

– Ne t'excuse pas. Tu es une bouffée d'air frais. Littéralement.

Il n'avait toujours pas l'air d'être lui-même. Lindsay traversa la pièce jusqu'à lui, essayant d'évaluer s'il semblait aller mieux. Il était pâle sous l'unique lumière du salon. Avait-il mangé ? Elle se demanda s'il avait réussi à quitter le canapé aujourd'hui.

Elle posa une main sur le front de Fred. À sa grande surprise, il l'éloigna, puis s'y accrocha et l'étudia comme s'il ne savait pas trop quoi en faire.

– Désolé, dit-il à sa main. Je ne suis toujours pas habitué à cela.

– À quoi ?

– À être celui dont quelqu'un d'autre s'occupe. J'aime ça et en même temps je n'aime pas.

– Eh bien, tu ferais mieux d'apprendre à aimer. Parce que tu n'as pas le choix.

Il sourit, comme s'il s'avouait vaincu, et croisa enfin à nouveau son regard. Il manquait quelque chose, dans ses yeux ou dans son sourire, et Lindsay se demanda fugitivement s'ils lui avaient encore envoyé un Fred différent.

Mais non, elle ne pensait pas que c'était le cas. Elle avait l'impression que c'était son Fred, mais avec quelque chose en moins. Était-ce la maladie ou autre chose ? Elle porta la main à son front et, cette fois, il la laissa faire. Il était encore chaud. Mais probablement pas plus chaud que ce matin, et elle ne l'avait pas entendu tousser depuis qu'elle était entrée.

Elle essaya de mettre son malaise de côté et fit chauffer de la soupe. Puis elle en mangea elle-même, lorsque Fred insista. Elle s'assit à l'extrémité du canapé, faisant de son mieux pour ne pas bouger, ou pour ne pas remarquer le silence grandissant entre eux pendant qu'ils mangeaient. Le silence dura le temps que Lindsay débarrasse les bols et les plateaux.

Lorsqu'elle revint, Fred était toujours assis sur le canapé, même si ses membres pendaient plus mollement que d'habitude. Peut-être que la fraction de bol de soupe qu'il avait terminée lui avait fait du bien. Il parla avant qu'elle n'arrive près de lui.

– Il faut que nous parlions.

Sa voix sonnait mieux, il était plus proche de lui-même, mais quelque chose ne collait toujours pas. Lindsay resta à mi-chemin dans le salon, soudainement réticente à l'idée de prendre un siège.

Je ne vais pas aimer ça.

Fred reposa une main sur le coussin du canapé à côté de lui.

– Viens t'asseoir.

Le coussin de velours marron avait l'air aussi accueillant qu'une chaise électrique. Lindsay s'en approcha avec méfiance et s'assit. Elle s'inquiéta de plus en plus lorsque

Fred prit sa main dans les deux siennes. Elle aurait pu croire qu'il était sur le point de lui annoncer la mort de son chat, si le chat n'était pas déjà mort il y avait deux ans.

Il ne parla pas jusqu'à ce qu'elle croise son regard, sombre et interrogateur. Les doigts de Lindsay se crispèrent jusqu'à ce que la douce pression des mains de Fred les arrête.

– J'ai eu l'occasion de réfléchir un peu aujourd'hui. (Il fit un signe de tête en direction du téléviseur.) Lorsque la seule alternative est de regarder cette satanée chose, tu découvres que tu as beaucoup de temps pour réfléchir.

Elle ne rit pas.

– Lindsay, j'ai essayé de faire le tour de la question et de l'éviter. C'est incroyable de voir combien de temps tu peux ignorer l'évidence si tu le veux vraiment. J'ai été terriblement égoïste. On m'a dit ce qui était le mieux pour toi, et j'ai volontairement fermé les yeux.

Il avait été égoïste ? Ange ou pas, cet homme était fou.

– Il est évident qu'aucun de nous n'est pressé de te ramener vers Steven. Je pense que nous savons tous les deux pourquoi. Du moins, je connais mes raisons. Pourquoi ne me dirais-tu pas les tiennes ?

Fred serra sa main doucement, la tenant entre les deux siennes aussi sûrement que possible.

Ses yeux se posèrent sur ceux de Lindsay. Des yeux qui ne semblaient voir que le bien en elle. Ils l'avaient toujours regardée avec une telle chaleur, une chaleur dont elle avait fini par dépendre, sans même savoir quand c'était arrivé.

– Aide-moi à faire mon travail, dit-il. Parle-moi de Steven.

– Je ne peux pas.

Elle ne pouvait pas se détacher de ce regard fixe, mais elle essaya de retirer sa main.

Fred la maintint, avec plus de fermeté qu'il n'aurait pu le faire ce matin.

– Pourquoi ?

Parce que si je le fais, tu ne me regarderas plus jamais de cette façon.

– Je ne peux pas.

– Lindsay, c'est une étape. Cela ne t'oblige pas à poursuivre après. Mais si on n'avance pas, on ne peut pas espérer changer les choses.

Un sourire se dessina au coin de sa bouche.

– Et tu resteras coincée ici avec un Anglais maladif sur ton canapé.

Il y avait bien pire, selon elle. Comme exposer la partie la plus faible et la plus laide d'elle-même. Mais elle savait qu'il y avait plus en jeu que ses petits problèmes personnels. Ce quartier général n'allait pas laisser Fred exister sur son canapé pour toujours. À son avis, il s'étiolerait.

Ses yeux marron foncé restaient fixés sur les siens. Lindsay ressentit l'envie d'attirer quelque chose autour d'elle pour se protéger, comme l'une des couvertures entortillées à l'autre bout du canapé. Mais de préférence quelque chose de plus solide. De l'acier, peut-être.

Elle prit une grande inspiration.

– Ce n'est pas une belle histoire.

– Dis toujours.

Lindsay détourna son regard du sien, se concentrant plutôt sur le grand œil vide de l'écran de télévision droit devant elle.

– C'est ce que je t'ai dit. Nous sommes sortis ensemble tout au long du lycée. Je pense que tout le monde a toujours cru qu'on finirait ensemble. Peut-être que moi aussi, je ne sais pas. Mais quand j'ai fini le lycée, je suis allée à l'université à Denver. À quatre heures de route. Steven est resté dans notre ville et est allé à la fac publique. Nous n'avons rien prévu.

Lindsay se tortilla pour enlever ses chaussures et glissa ses pieds sur le canapé en serrant ses genoux.

– Je crois que j'aimais bien le fait que Denver soit à quatre heures de route. Je n'étais pas la moitié d'un couple là-bas. Les gens ne voyaient pas la petite amie de Steven quand ils me regardaient. Nous étions ensemble depuis si longtemps, je pense que je voulais découvrir qui j'étais par moi-même.

Elle fixa l'écran gris assombri. Son reflet semblait petit et recroquevillé. Lâche. À côté d'elle, Fred ne faisait pas un bruit. Elle ne risqua pas un regard dans sa direction. Avec un peu de chance, il s'était peut-être encore endormi.

– Nous ne nous sommes pas revus jusqu'à ce que je rentre à la maison pour les vacances de Noël.

Même la vue de son reflet sur l'écran gris était trop difficile à supporter. Elle reporta son regard sur le tissu de son pantalon, essayant de se perdre dans les différents fils.

– À Noël, il m'a offert un cadeau. Une bague en diamant.

Elle resserra ses bras autour de ses genoux. L'envie de se rouler en boule était presque insurmontable. *Pourquoi me fais-tu faire ça ?*

– Je n'ai rien pu dire. Alors je n'ai rien dit. Je ne pouvais même pas le regarder. Je l'ai juste serré dans mes bras. Et nous étions fiancés.

Elle a reposé sa tête sur ses genoux et a fermé les yeux.

– Pendant environ une semaine.

Elle sentit une main douce dans son dos – celle de Fred – et tressaillit en la repoussant.

– Je me suis toujours demandé s'il avait pensé que quelque chose n'allait pas chez moi cette semaine-là. J'ai passé beaucoup de temps enfermée à la maison. J'ai dit que j'avais un gros devoir à rendre à mon retour à l'école.

Lindsay força sa voix à dépasser la douleur dans sa gorge.

– J'étais déjà prête à repartir la veille du Nouvel An. Steven m'a téléphoné, il m'a dit qu'il organisait une petite fête de réveillon chez lui.

Elle prit une grande inspiration.

– Quand je suis arrivée, c'était une grande fête surprise. Pour moi. Pour nous. Des ballons, des serpentins. Tout le monde a sursauté et crié quand je suis entrée – je suis restée là, bouche bée. Il avait dû y passer des heures pour tout préparer.

Elle ferma les yeux.

– Puis Steven est venu m'embrasser et m'a demandé de nous fiancer. Je suis sûre que tout le monde le savait, mais il voulait fêter ça. J'ai souri aussi fort que j'ai pu, et je me suis sentie au fond du trou. Je n'arrêtais pas de me dire : « Ce n'est pas ce que je suis censée ressentir. » Je voulais juste m'enfuir. Alors, plus tard, quand personne ne regardait, je l'ai fait.

Lindsay s'efforça de respirer lentement.

– Je suis allée dans la chambre de Steven et j'ai laissé la bague sur sa commode. Et je me suis sauvée en catimini.

Elle appuya fort son front contre ses genoux et garda les yeux bien fermés.

– Je n'ai même pas laissé de mot. Je ne savais pas quoi dire. Quand je suis rentrée chez moi, mes parents étaient déjà au lit, alors j'ai pris mes bagages et je suis rentrée à Denver ce soir-là.

Elle ne pouvait toujours pas regarder Fred en face. Il avait vu quelque chose de spécial en elle, ou du moins il le pensait. Maintenant, il savait.

– C'est tout, dit-elle.

Le silence s'étira. Lindsay finit par ouvrir les yeux. Une larme tomba sur son pantalon, mais il était noir. Cela ne se voyait pas.

– Alors, dit Fred doucement, c'est toi qui lui as fait du mal. Cela ne m'a jamais traversé l'esprit. Je ne pensais pas que tu pouvais faire du mal à quelqu'un.

Un autre silence, et les doigts de Fred effleurèrent sa tempe. Il repoussa une mèche de cheveux derrière son oreille, comme s'il cherchait à mieux voir son visage. Elle se détourna.

– Lindsay, déclara-t-il, ce n'est pas la fin du monde.

Sa voix était douce. Lindsay cligna des yeux et se retourna pour le regarder. Fred l'étudia, l'air absorbé, mais pas vraiment comme si un ver singulièrement laid venait de sortir de sous un rocher.

– Tu ne penses pas que je suis horrible ?

Ça lui semblait tellement puéril comme remarque, mais elle ne pouvait pas s'empêcher de le dire.

Il lui adressa un sourire ironique.

– D'une part, tu ne *m'*as pas fait ça. D'autre part, tu avais dix-huit ans.

– Dix-neuf.

– Oh. Tu es un monstre, alors.

Lindsay laissa échapper un rire qui était un demi-sanglot.

– Tu ne m'aides pas.

Elle appuya ses coudes sur ses genoux et reposa son front contre ses paumes.

– C'est la pire chose que j'aie jamais faite.

Fred posa une main sur sa nuque.

– Pourquoi l'as-tu fait ?

– Je ne voulais pas l'affronter.

– Cela va de soi. Mais pourquoi ne voulais-tu pas l'épouser ?

Toutes ces années, elle n'avait pas su comment l'expliquer à Steven. Maintenant, cela faisait si longtemps qu'elle n'y avait pas pensé que Lindsay n'était pas sûre de pouvoir se l'expliquer à elle-même, ou à Fred.

– Je ne savais pas ce que je voulais, dit-elle lentement. Je n'étais jamais sortie avec quelqu'un d'autre. Pas depuis que j'avais quatorze ans. Je crois que je ne m'attendais pas à ce qu'il…

Elle haussa les épaules, impuissante.

– Et tu n'as plus jamais entendu parler de lui ?

Lindsay secoua la tête.

– Intéressant, dit-il.

Intéressant ?

Ses doigts coururent librement sur les petits cheveux dans son cou, s'attardant un instant avant qu'il ne retire sa main. La nuque de la jeune femme était plus froide.

– Très bien. Jetons un coup d'œil à ce qui suit. Je suppose que tu as passé tellement de temps à te sentir coupable que cela fait longtemps que tu n'as pas réfléchi à ce que tu ressentais vraiment à l'égard de Steven. N'est-ce pas ?

– Sans doute, oui.

– Et peut-être que, lorsque tu avais dix-neuf ans, tes attentes n'étaient tout simplement pas réalistes. Tu n'étais pas prête. Et peut-être que maintenant tu l'es.

Lindsay se retourna pour fixer Fred, dans son sweat-shirt un peu trop petit, les traits si calmes et si posés. Ses entrailles se crispèrent. Pourquoi ? Qu'est-ce qu'il disait de différent de ce qu'il avait toujours dit ? Elle avait reculé, évité la question, depuis le jour où il lui avait dit pour la première fois qu'elle était censée se réconcilier avec Steven. Pourquoi serait-elle surprise de l'entendre maintenant ?

Pourtant, elle secoua la tête.

– Tu n'es pas sérieux.

– Bien sûr que je le suis. Tu ne vois pas ? Tout commence à prendre un sens maintenant. Tu as fait une erreur il y a dix ans. Et j'essaie de te dire que ce n'est pas si terrible.

Si utile, si solidaire, si neutre, si objectif. Juste un homme qui fait son travail. Est-ce que c'était le même homme qui l'avait embrassée ? Ce n'était pas possible. Où était-il passé ?

– Ce qui est incroyable, c'est qu'on te donne la possibilité de rectifier le tir, ajouta-t-il.

Incroyable ? Lindsay s'attarda sur les yeux sombres et calmes et sentit que quelque chose lui échappait. Une douleur se déclencha, comme du verre pilé, dans son estomac. Cela lui faisait encore plus mal que de lui parler de Steven, même si elle n'aurait pas cru cela possible.

Elle chuchota :

– Tu veux vraiment que je fasse ça ? Que je retourne le voir ?

Fred resta impassible.

– Je veux ce qu'il y a de mieux pour toi. C'est la seule raison pour laquelle je suis ici.

La seule raison. C'était vrai. Il était ici pour faire son travail. Tout le reste n'était que mensonge.

– Tu l'aimais ?

Il avait posé la question avec la même expression implacable.

– Oui.

C'était vrai. Mais ce n'était pas toute la vérité.

Et elle la vit. Ou plutôt, elle crut la voir. Une vive lueur de douleur dans les yeux de Fred, et Lindsay réalisa avec honte qu'elle avait voulu la provoquer.

Le scintillement s'évanouit.

– Alors c'est là qu'est ta place.

– Non.

Le mot sortit sans qu'elle le veuille, et Lindsay abandonna la seule arme qu'elle aurait pu avoir.

– Ce n'était pas du tout comme…

Ce que je ressens pour toi. Elle ne pouvait même pas le dire. C'était trop humiliant. Et elle savait que Fred ne voulait pas l'entendre.

– Lindsay, toi et moi, il faut que tu oublies tout ça. Rien de tout cela n'était censé se produire.

– Tu veux dire, pas dans le scénario.

Ses paroles, ternes, sonnaient creux.

– Exactement.

Elle entendit de nouveau dans sa voix un timbre qui en avait disparu depuis qu'il était tombé à travers la glace. *Il va mieux*, réalisa-t-elle. Mieux, parce qu'il a recommencé à faire son travail.

Elle devrait le laisser faire. Mais soudain, le fait de devoir affronter un millier de Steven blessés et rancuniers ne la dérangeait pas autant que le fait que Fred *veuille qu'*elle le fasse.

– Tu m'as piégée.

Sa voix sortit éraillée ; elle fut même étonnée qu'elle ait fonctionné.

– Rien de tout cela n'était réel. Tout ça, c'était pour m'ouvrir en grand.

Probablement jusqu'à la chute de Fred sur la glace. Jusqu'à ce qu'elle finisse par craquer et dévoiler la vérité. Pour *l'*aider. Quelle blague !

Il ne la contredit pas.

Elle s'agrippa à un mince espoir.

– Tu as dit que je n'étais pas obligée de…

– Non, tu ne l'es pas. Je ne peux pas t'*obliger* à faire quoi que ce soit. Mais si tu n'utilises pas ce que tu as appris, alors j'aurai échoué et tout cela n'aura servi à rien.

Rien. Lindsay avait l'impression d'être à l'intérieur d'un bocal en verre et qu'il venait de serrer le couvercle, lui coupant proprement tout oxygène. Ses yeux se brouillaient tellement qu'elle ne pouvait même pas voir. Une seule chose comptait à ce moment-là. Qu'*il* ne la voie pas dans cet état. Elle se leva du canapé en se hissant sur ses pieds, et se dirigea à l'aveuglette vers n'importe quel endroit qui soit loin de lui.

Une main attrapa la sienne.

– Lindsay, attends.

Elle était de retour. La voix douce qu'elle connaissait depuis le début, et il l'attira auprès de lui sur le canapé. Lindsay s'effondra contre lui, sachant qu'elle ne devrait pas le faire, sachant qu'elle était idiote de se rendre vulnérable comme ça. Elle enfouit son visage dans le creux de son cou et essaya de faire taire ses larmes, pleurant pour une centaine d'émotions qu'elle ne pouvait même pas nommer.

– Tout va bien, ma chérie. Je suis là.

Ses bras s'enroulèrent autour d'elle, forts à nouveau. Sa voix, près de son oreille, semblait aussi rauque que la sienne quelques instants auparavant.

– Pardonne-moi. Tout cela est vrai et tout cela est un mensonge.

– Je ne comprends pas, murmura-t-elle d'une voix étouffée, entre son cou et l'oreiller.

Fred poussa un profond soupir et sentit sa poitrine s'enfoncer lentement sous elle, mais elle n'entendit aucun signe de cliquetis ni de toux.

– Le siège sait ce qui est bon pour toi. Je dois le croire. *Mais* je veux que tu m'écoutes très attentivement…

Il l'éloigna de lui, juste assez pour prendre son visage entre ses mains et la regarder droit dans les yeux.

– Si quelqu'un s'attend à ce que je passe une minute de plus à faire semblant de me sentir bien, il peut sacrément l'oublier.

Il passa doucement ses pouces sur ses joues, essuyant les larmes. Lindsay chercha ses yeux. Ils restèrent solidement fixés sur les siens, et elle sentit une énorme tension s'évacuer de ses membres. Elle ne devrait pas se sentir mieux – pas beaucoup mieux, en tout cas –, mais une partie importante de l'univers avait rectifié le tir. Elle inspira profondément.

– Mais tu veux toujours que je retourne voir Steven ?

– Il ne s'agit pas de savoir ce que je veux. Je ne suis pas censé *vouloir* quoi que ce soit, en dehors de ce qui est le mieux pour toi. C'est ce que… (Il s'interrompit.) C'est ce que signifie prendre soin de quelqu'un.

– Cela ne répond pas à ma question.

– Tu veux dire est-ce que je veux que tu retournes voir Steven, personnellement ?

Il passa lentement un pouce sur sa joue désormais sèche.

– Lindsay, pour ma part, je préférerais être traîné sur des punaises et plongé dans de l'alcool à friction. Mais ce que *je* veux ne doit pas avoir d'importance.

– Ce n'est pas non plus ce que *je* veux. J'ai fait une chose terrible, mais…

– Terrible.

Il considéra le mot, presque comme s'il le goûtait.

– Tu as blessé quelqu'un à qui tu tenais. Tu peux *te sentir* très mal, mais je ne pense pas que ce soit exactement un crime capital.

– Tu ne penses pas qu'ils me punissent peut-être pour…

– Non, non, non. Ils ne *font* pas ces choses pour les mauvaises personnes.

Fred secoua la tête.

– Crois-le ou non, personne n'essaie de te torturer, Lindsay. Encore moins moi. Le quartier général – en fait, je ne peux pas dire que j'aie été heureux de leurs méthodes ces derniers temps, mais ils ont à cœur ton intérêt –, c'est pourquoi je dois croire que Steven te rendra heureuse à long terme. Indépendamment de ce que chacun d'entre nous ressent maintenant.

– Donc tu ne veux pas que je retourne avec lui. Mais tu veux que je le fasse.

Un sourire effleura ses lèvres.

– En quelque sorte.

Lindsay baissa les yeux. Le fond de l'affaire était toujours le même. Fred voulait toujours qu'elle aille voir Steven. Et elle perdait toujours Fred. C'était une évidence depuis le début, mais à un moment donné, l'idée était devenue insupportable.

Fred suivit la ligne extérieure de ses lèvres avec son pouce.

– Ce que je veux est impossible. Je ne suis pas ton avenir. Je ne peux pas l'être.

Il l'attira près de lui, contre le sweat-shirt doux et inconnu.

– Et non, je ne peux pas t'obliger à le faire. Mais si rien de bon ne résulte de ma présence ici, alors tout ce que j'aurai fait, c'est te blesser, et il aurait mieux valu que je ne vienne jamais.

– Ne dis pas ça.

– Promets-moi juste que tu y réfléchiras.

– Qu'est-ce qui t'arrivera si je ne retourne pas vers Steven ?

– Il n'y a pas lieu de s'inquiéter pour toi.

– Je ne plaisante pas. Tu n'as jamais répondu à cette question…

Lindsay recula pour le regarder à nouveau, en gigotant tant qu'elle pouvait.

– Fred, que vas-tu faire après cela ? Tu vas montrer à quelqu'un la vraie signification de la Saint-Valentin ou du poisson d'avril ?

Il gloussa.

– Je ne pense pas. Le fait est que…

Il détourna le regard, les yeux au-dessus de son épaule. Fred ne faisait presque jamais ça.

– J'aurais probablement dû te le dire il y a longtemps. Je pense que tu es mon premier cas.

– Qu'est-ce que tu veux dire par « tu *penses* » ?

– Ça veut dire que je ne me souviens de rien avant le moment où ils m'ont donné des informations sur toi. Et ensuite, j'étais sous ton porche. Je n'ai jamais posé de questions au début. Souviens-toi, c'est dans ma nature de vivre dans le présent. J'ai sans doute supposé que toute autre affaire n'était pas pertinente. Mais si tu es ma première mission, cela pourrait expliquer pourquoi j'ai fait un tel gâchis.

Lindsay fronça les sourcils, essayant de comprendre ce que cela impliquait.

– Peut-être que tu ne t'en souviens tout simplement pas.

Ce qui voulait dire qu'il pourrait ne pas se souvenir de Lindsay après son départ. Et elle pourrait ne pas se souvenir de lui. L'idée était tellement impensable qu'elle n'osait pas la formuler. C'est alors qu'une autre idée, merveilleuse celle-là, vint à l'esprit de Lindsay.

Il ne se souvenait de rien avant leur rencontre.

Presque comme s'il avait été littéralement fait pour elle.

Elle passa un doigt sur le haut de sa joue, sentant le hérissement des poils qui n'existaient pas auparavant.

– Es-tu sûr que ce n'est pas une façon de…

Elle s'interrompit. Quelle pensée égocentrique et égoïste !

– De quoi ?

Il tendit la main et toucha la même joue rugueuse.

– Oh. De me préparer à une vie sur Terre ? Non. J'ai bien peur que ce ne soit que leur façon de faire de l'humour. Mes ordres sont clairs.

Il retira sa main de sa joue et la serra dans la sienne.

– *Tu* ne *m'*as pas encore répondu. Je sais qu'il est difficile pour toi d'affronter Steven. Mais promets-moi que tu y réfléchiras.

Qu'est-ce qu'elle s'était dit il y avait encore peu de temps ? Sur le fait d'être prête à affronter une armée de Steven ? Lindsay se sentit mal à l'aise. Elle aurait préféré rejoindre Fred qui se faisait traîner sur les tapis.

Pour ce qui était de sa prochaine affectation, elle n'avait aucun moyen de savoir ce qui lui arriverait. Fred semblait toujours certain que le quartier général était constamment bienveillant. Après l'avoir vu tomber à travers la glace, Lindsay n'en était plus si sûre.

– Je vais y réfléchir, dit-elle.

Il semblait attendre davantage. Lindsay se passa la langue sur les lèvres.

– Je te le promets.

Il lui serra la main.

– Pour ce soir, c'est tout ce que je te demande.

Ce serait une promesse difficile à tenir. Parce qu'elle savait que si elle voulait faire du bien à Fred, elle devait faire plus que d'y *penser*.

Fred se retourna et étendit ses jambes sur le canapé, tirant Lindsay par le bras pour qu'elle s'asseye en face de lui. Il la laissa s'adosser à son torse, plus qu'heureux de lui servir de fauteuil. Après cette journée, il lui devait bien plus que cela.

Alors qu'il la berçait contre lui, ils s'assirent face au sapin de Noël qu'il avait oublié d'allumer. Cela n'arrivait jamais. Fred retint sa respiration, ferma les yeux et se souvint que le plus grand secret était... de ne pas faire trop d'efforts. Un *clic* inaudible, et lorsqu'il ouvrit les yeux, les lumières de l'arbre s'étaient allumées. Tout était donc rentré dans l'ordre.

La tête de Lindsay se tourna vers lui.

– Tu te sens mieux.

Il entendit la légère note de regret dans sa voix et la comprit. Comme il aurait été agréable que, dans une forme de punition malencontreuse, le quartier général l'ait laissé sur Terre. Mais ce genre de réflexion ne servait à rien, et ne contribuait certainement pas à détendre l'atmosphère.

Fred serra ses bras plus étroitement autour de sa taille et posa sa joue contre ses cheveux, juste au-dessus de son oreille.

– Te souviens-tu de ta leçon sur le fait d'apprécier les sapins de Noël ? Regarde les lumières.

Il regarda avec elle les grandes ampoules colorées, attendant que ce sentiment de paix s'installe. Cela ne fonctionna pas. D'abord, il fallait encore faire quelques réglages. Un moment de concentration et il voulut que les lumières de la pièce s'éteignent progressivement, puis il lança la musique sur la chaîne stéréo. Le son des cloches résonna doucement en arrière-plan. Fred se souvint qu'ils avaient écouté ce disque la veille, avant leur décision malencontreuse d'aller patiner.

– C'est l'un de tes préférés, n'est-ce pas ?

Il savait qu'il l'avait entendu plusieurs fois.

– Mm-hmm.

La voix de Lindsay semblait beaucoup plus détendue, ce qui était appréciable.

– J'ai beaucoup plus écouté ma musique de Noël cette année.

– C'est un souvenir de ma part que j'espère que tu garderas. N'oublie pas que Noël est toujours meilleur quand tu le sors de sa boîte.

– Ne dis pas « souvenir ». On dirait que…

– Ce n'est qu'une façon de parler, ma chérie.

Il posa sa joue sur le sommet de sa tête et respira son doux parfum indéfinissable.

Quelques minutes plus tard, le bruit de la respiration de Lindsay devint lent et régulier, et il sut qu'elle s'était endormie. Il n'était pas étonnant qu'elle soit épuisée après tout cela. Le temps qu'il passait ici était peut-être court, mais il était sûr d'avoir déjà eu assez de sérieux pour toute une vie.

Fred entoura Lindsay de ses bras et essaya de synchroniser sa respiration avec la sienne. Il n'avait aucune idée de ce qu'il allait faire à partir de maintenant, et pour l'instant, il s'en fichait. Ce moment était tout pour lui. Il aurait pu tout à fait exister pendant une éternité ici avec elle, comme ça, en regardant les lumières multicolores. Dans la pièce sombre, elles brillaient à la fois plus doucement et plus intensément.

Il ne ressentait plus le besoin de dormir. Mais même s'il restait bien éveillé à chaque respiration, les heures passaient et le matin arrivait.

La lourdeur qu'il avait ressentie dans sa poitrine tout au long de la journée avait disparu. À sa place, une douleur sourde et inconnue commençait à se répandre en lui, et il savait qu'elle n'allait faire qu'empirer.

Il se tint très tranquille et fixa le sapin, essayant de ne pas la déranger.

Au bout d'un certain temps – cela avait pu durer des minutes ou des heures –, sa tête glissa vers le bas sous le poids croissant du sommeil, puis se redressa. Elle inspira un petit coup sec et son corps se raidit. Puis, avec des mouvements groggys et léthargiques, elle descendit du canapé.

– Je ferais mieux d'aller me coucher.

Fred la prit dans ses bras.

– Non, tout va bien. Reste ici.

– Tu as besoin de te reposer.

Il n'en avait plus besoin, plus maintenant, mais ce n'était pas la question.

– Ne t'inquiète pas pour cela.

Il l'attira à nouveau vers lui et, cette fois, elle ne résista pas. Fred les fit descendre tous les deux jusqu'à ce que leurs têtes atteignent l'oreiller, et se cala contre le dossier du canapé, faisant autant de place que possible pour elle. En un instant, sa tête reposa sur sa poitrine, juste en dessous de son épaule, un ajustement parfait.

Au vu du silence qui suivit, il crut d'abord qu'elle s'était encore endormie. Puis elle releva la tête et le regarda dans la pénombre. Ses cheveux doux et légers tombaient autour de son visage.

– Fred ?

– Quoi, chérie ?

– Dans les films (elle passa une main dans ses cheveux) lorsque ce genre d'aventure est terminée, aucun des personnages ne se souvient de ce qui s'est passé.

– Ce n'est pas un film, mon amour.

Ce n'était pas tout à fait une réponse, et elle le savait. Lindsay persista.

– Penses-tu que…

– Non.

Il regarda ses yeux gris embrouillés par le sommeil et lui parla avec son cœur :

– Je ne supporterais pas que tu m'oublies. Et moi, je ne pourrais jamais t'oublier.

– Comment le sais-tu ?

Il rassembla toute la conviction possible.

– J'y veillerai. Je te le promets.

Elle reposa à nouveau sa tête contre lui en poussant un profond soupir. Quelques minutes plus tard, sa respiration régulière lui indiqua qu'elle s'était rendormie. Il ne savait pas si sa réponse l'avait satisfaite ou non.

Il était plus proche du mensonge qu'il ne l'avait jamais été avec Lindsay. Car, à moins qu'il n'y parvienne par la seule force de sa volonté, Fred ne savait pas s'il serait capable de tenir sa promesse.

Chapitre 13

Lindsay se réveilla seule sur le canapé.

Elle se redressa d'un coup. Elle s'était endormie, la tête posée sur la poitrine de Fred. Elle n'arrivait pas à imaginer comment il avait pu se lever sans la faire tomber par terre, et encore moins sans la réveiller.

– Fred ?

Pas de réponse.

De plus en plus mal à l'aise, Lindsay écarta les couvertures emmêlées et se leva pour fouiller l'appartement. Les vêtements mouillés de Fred, ceux qu'elle avait laissés drapés sur le dossier des chaises de la cuisine il y avait deux nuits, n'étaient plus là.

Elle reprit son souffle, luttant contre un début de panique. Le 24 décembre, la veille de Noël. Il ne devrait pas encore être parti. Ou bien ses mystérieux supérieurs avaient-ils décidé que son travail était terminé ?

La poignée de sa porte d'entrée tourna, et Lindsay s'accrocha au dossier blanc de la chaise à côté d'elle.

Fred entra, resplendissant une fois de plus dans son manteau, avec son chapeau haut de forme, et même sa canne légèrement courbée, que Lindsay avait presque oubliée.

Elle serra la chaise plus fort, luttant contre l'envie de se précipiter sur lui comme une ménagère énervée dans une vieille série télévisée.

Les sourcils de Fred se haussèrent à sa vue, puis s'abaissèrent en signe d'inquiétude lorsqu'il vit la tête qu'elle faisait. Il traversa la pièce à grands pas pour la rejoindre, enlevant son chapeau au passage.

– Je suis désolé. Je pensais être de retour avant que tu ne sois réveillée.

– Ce n'est pas grave, dit Lindsay en se forçant à lâcher la chaise. Après tout, pourquoi ne pourrais-tu pas disparaître *sans laisser de traces* ? Tu es sorti pour… Pour quoi ? Le journal ?

– Je me suis enregistré au siège. J'ai pensé que tu préférerais que je revienne par la porte.

Fred passa son bras autour d'elle. Elle posa sa joue contre sa chemise blanche impeccable sur son torse, et posa les mains sur le dos de son pardessus. La texture rugueuse, mais souple, semblait neuve, même si elle était sûre que la lourde laine aurait dû être encore humide après avoir été si longtemps détrempée.

– Qu'ont-ils dit ? Au siège ?

– Nous sommes de nouveau sur la bonne voie. Il n'y a pas de mal.

Fred la contourna pour déposer son chapeau sur la chaise à côté d'elle. Le chapeau comme le manteau ne montraient aucun signe de leur plongée dans un lac.

– Donc tout est redevenu normal.

Lindsay essaya de ne pas laisser transparaître la déception dans sa voix. Elle aurait dû savoir qu'il ne fallait pas penser que les choses changeraient. Fred l'avait bien compris hier soir.

– On peut dire que… C'était une courte réunion.

Le ton de Fred était plein d'humour.

– Je ne voulais pas entrer dans les détails. Maintenant, j'ai une proposition à te faire. Tu travailles aujourd'hui, n'est-ce pas ?

Elle hocha la tête.

– D'habitude, ils ferment le bureau plus tôt la veille de Noël. Mais il faut que j'y aille.

– J'ai compris.

Il lui releva le menton pour que ses yeux rencontrent les siens.

– Voici mon plan : nous passons le réveillon de Noël ensemble, toi et moi. Mais en respectant une règle, vivre entièrement dans le présent. Pas de discussions sérieuses.

Elle pouvait voir qu'il se mordait l'intérieur de la lèvre.

– J'imagine que cela va être un défi pour toi, ajouta-t-il. Tu penses pouvoir y arriver ?

– Mais qu'en est-il de Stev… ?

Il posa son doigt sur ses lèvres.

– Et *absolument* aucune mention de machin-chose. Il t'aura bien assez tôt. Si c'est ce que tu décides. Ce soir, il n'y a que toi et moi. Tu es d'accord ?

Une nuit de plus à vivre dans le présent. Lindsay se leva et passa ses bras autour de son cou, se mettant sur la pointe des pieds pour s'approcher. Lorsque sa joue effleura celle de Fred, la peau contre la sienne était, une fois de plus, lisse et rasée de près.

Lindsay avait déjà fêté quelques réveillons au restaurant, et elle s'était toujours sentie un peu bizarre. Ce soir, avec Fred, ne faisait pas exception. Jusqu'à présent, elle n'avait jamais eu de mal à trouver quelque chose à lui dire, et ne s'était jamais sentie obligée de faire la conversation. Ce soir, c'était différent. D'une part, il était difficile d'éviter tous les sujets qui pouvaient être interprétés comme sérieux. D'une certaine façon, cela ressemblait à un premier rendez-vous.

Fred contribuait à ce sentiment – et, heureusement, à la conversation – en continuant à lui poser des questions. Il semblait déterminé à tout apprendre sur elle pendant le peu de temps qu'il leur restait.

– Au *McDo*, répondit Lindsay. J'étais en cuisine, pour les frites.

Elle sourit, l'air amusé.

– Je ne comprends pas. Que sais-tu de moi ? Le premier soir où nous nous sommes rencontrés, tu savais même où trouver la muscade.

– Ce sont des tours de passe-passe. Ils m'en ont seulement dit assez pour que tu m'écoutes. Le reste, tu t'en souviendras, j'ai dû l'apprendre à la dure.

Fred la trouvait peut-être fascinante à l'infini, mais Lindsay commençait à en avoir un peu marre d'elle-même.

– À toi de jouer, dit-elle. Parle-moi un peu de *toi* pour changer.

– Pose tes questions. Je suis un livre ouvert.

Lindsay plissa les yeux vers les lampes en forme de tulipe qui étaient suspendues au-dessus de leur table. Difficile de penser à une question pour quelqu'un qui n'a pas de passé.

– D'accord, hésita-t-elle. Ton chant de Noël préféré ?

– Ça dépend. Quand je suis d'humeur calme, c'est le « Messie » de Haendel. Quand je suis d'humeur festive... voyons voir. Peut-être « Carol of the Bells ».

Lindsay rit.

– Tu plaisantes. Cette chanson, on dirait Edgar Allan Poe qui fait une dépression nerveuse.

– Mais il en a fait une, non ? Peut-être que c'est Noël qui l'a poussé à le faire. Peut-être qu'il était comme toi, tellement absorbé par l'achat des cadeaux et l'envoi des cartes de vœux qu'il a fini par craquer, lever les bras au ciel et dire…

Lindsay gémit en complétant en même temps que lui :

– « Jamais plus ».

Elle secoua la tête en signe d'étonnement. La culture de Fred était peut-être incomplète, mais elle était assurément variée.

– J'espère que cela a changé pour toi, déclara-t-il. Je parle de la célébration de Noël. L'année prochaine, n'oublie pas ce que tu as découvert. Passe les chants de Noël, bois le lait de poule. Rappelle-toi ce qu'est Noël et à quoi il sert. Je veux ce bonheur pour toi.

Ces propos se rapprochaient dangereusement d'une discussion sérieuse, et Fred semblait le savoir. Il reporta son attention sur son assiette. Il ne mangeait pas les plats de Noël comme toutes les autres personnes que Lindsay connaissait. La plupart des gens attaquaient leurs plats favoris avec enthousiasme. Fred avait plutôt tendance à goûter une bouchée, comme s'il la considérait attentivement avant de passer à l'élément suivant de son assiette. Son dîner disparaissait, lentement mais sûrement, pourtant il semblait rarement manger la même chose deux bouchées de suite.

Elle attendit qu'il termine une bouchée de patates douces.

– Comment se passe le dîner ? l'interrogea-t-elle. Est-il à la hauteur de tes espérances ?

– Si ces mots ont un sens, c'est ce à quoi je m'attendais, mais en beaucoup mieux. Je sais intellectuellement à quoi ressemble un repas de Noël, mais rien ne vaut une expérience directe.

Il découpa un morceau de dinde à la peau délicieusement dorée.

– As-tu déjà cuisiné une dinde ?

– Quelques fois, quand j'ai invité mes parents à la maison. Mais j'ai toujours besoin d'aide pour la sauce.

Lindsay remuait l'émulsion brun clair, fine et légère, qui nappait ses pommes de terre.

– Celle-ci est très bonne. Mais elle n'arrive pas à la cheville de la sauce de ma mère.

Ses yeux étaient pensifs.

– Je parie que ta mère te ressemble beaucoup.

– Je pense que oui, sourit Lindsay. Elle dit qu'il lui a fallu dix ans pour obtenir la bonne recette.

– Cela te ressemble vraiment.

– Tu pourrais le découvrir par toi-même.

Lindsay enfourna une bouchée de purée de pommes de terre non faite maison et essaya de paraître décontractée.

– J'aimerais beaucoup que tu viennes avec moi chez mes parents demain.

Fred avait l'air touché, et quelque chose d'autre passa dans ses yeux. Il évita son regard – ce que Lindsay avait fini par reconnaître comme un mauvais signe – et joua avec son verre de cidre pétillant.

– C'est très gentil de ta part. Mais comment vas-tu expliquer ma présence à tes parents ?

– De la même façon que je l'ai fait au travail, j'imagine. Tu es en visite depuis l'étranger.

Ses yeux rencontrèrent à nouveau les siens, son regard était si direct qu'il en était presque comme un coup de poignard.

– Mon amour, je ne serai pas là demain.

La fourchette de Lindsay se figea sur le chemin de sa bouche.

– Quoi ?

– Le jour de Noël, tu seras livrée à toi-même. Il est temps pour toi de commencer à appliquer ce que tu as appris. C'est ainsi que cela fonctionne.

Son appétit s'évanouit. À l'heure actuelle, elle n'aurait pas cru possible de se sentir trahie par Fred, mais c'était pourtant le cas.

– Pourquoi ne me l'as-tu pas dit plus tôt ?

– Je ne voulais pas que tu y penses.

Fred prit sa main, en caressant légèrement le dessus.

– Nous avons jusqu'à minuit ce soir.

– Cela signifie que nous n'avons que…

Lindsay regarda son poignet, mais pas avant que Fred ne pose sa main sur sa montre, puis ne l'enlève d'un seul geste. Il la mit dans sa poche.

– Pardonne-moi. Mais c'est ce que je voulais éviter. Si tu l'as sur toi, tu continueras à la regarder.

– Il y a l'office aux chandelles à onze heures…

– Je veillerai à ce que nous ne le manquions pas. Pour le reste de la nuit, quand il s'agit de l'heure, tu appliqueras le principe de savoir juste ce que tu as besoin de savoir.

* * *

Elle aurait pensé que Fred ne voudrait pas s'approcher du lac, si peu de temps après avoir coulé sous la surface. Mais quand elle lui dit que c'était le quartier où il y avait les plus belles lumières de Noël, ce fut lui qui suggéra de faire le petit trajet jusqu'à la montagne.

Après avoir arpenté plusieurs rues en voiture, Lindsay se gara près de l'embarcadère du côté sud, où le lac était entouré de maisons à deux étages dont les lumières colorées jetaient des reflets flous sur l'eau gelée. Lindsay sentit ses yeux attirés vers l'extrémité nord du lac, où Fred avait disparu dans le trou, mais c'était trop loin pour qu'elle puisse le voir.

Ils sortirent de sa voiture et marchèrent le long du lac, où des planches plates au-dessus du bord de l'eau remplaçaient les trottoirs ordinaires. Si elle avait été avec quelqu'un d'autre, Lindsay aurait été gelée. Mais avec Fred à ses côtés, elle avait découvert depuis longtemps qu'elle n'avait jamais froid.

Ils s'arrêtèrent et reposèrent leurs bras sur la rambarde en bois brut qui bordait l'allée. Les yeux de Lindsay survolaient les maisons, en particulier celles dont les arbres de Noël étaient illuminés en bas et les fenêtres assombries en haut, là où devaient se trouver les chambres des enfants. Elle pouvait sentir le silence qui s'installait, l'impatience grandissante. Et elle essayait de lutter contre sa propre peur croissante. Ils avaient si peu de temps. Elle frissonna malgré le fait qu'elle n'avait pas froid.

Fred mit son bras autour d'elle.

– Alors, à ton avis, que se passe-t-il dans ces maisons ce soir ?

– Les enfants sont bien au chaud dans leur lit ?

– Bien sûr. Mais que se passe-t-il, disons, dans cette maison ?

Il montrait du doigt une maison où chaque arbre et chaque buisson étaient enveloppés ou recouverts de lumières rouges et vertes.

– Moi, je dis que maman et papa ont mis les enfants au lit. Elle est en train d'emballer les derniers cadeaux.

Il essaie d'assembler un tricycle.

Alors qu'elle pensait s'être habituée à Fred... Lindsay se retourna en fronçant les sourcils.

– Comment le sais-tu ?

Il gloussa.

– Je n'en sais rien. Ce n'est qu'un jeu. Tu peux y jouer aussi. Et pourquoi pas, disons, cette maison ?

Il en montra une garnie de lumières blanches en forme de glaçons. À travers une fenêtre du rez-de-chaussée, Lindsay aperçut l'œil bleu vacillant d'un écran de télévision.

– Ils regardent *La vie est belle*.

– C'est tout à fait possible. Mais tu peux faire mieux. Essaie encore. Utilise ce que tu ne vois *pas*.

Lindsay contempla une crèche imposante, éclairée en bleu, devant une autre maison. Un couple plus âgé, probablement, décida-t-elle, et elle essaya d'imaginer le scénario à l'intérieur.

– Ils font rôtir une dinde au four pendant la nuit, se lança-t-elle. La maison va sentir incroyablement bon le matin.

– Tu vois ? Très bien.

Lindsay repéra une cour remplie de figurines de Charlie Brown peintes sur du contreplaqué. Il y avait certainement des enfants dans cette maison. Ses yeux s'attardèrent sur Snoopy.

– Ils vont avoir un chiot pour Noël.

– Parfait.

Fred resserra son étreinte.

– Voilà une autre chose que je ne sais pas sur toi. As-tu déjà reçu un chiot pour Noël ?

– Pas pour Noël. Mais nous avons toujours eu des animaux de compagnie.

– Y a-t-il un cadeau spécial que tu voulais pour Noël, mais que tu n'as jamais eu ?

Elle ne pouvait pas s'en empêcher. Elle se tourna à nouveau vers Fred et le fixa pendant plusieurs longs et lents battements. *Pas de discussion sérieuse*, se rappela-t-elle. Alors elle ne le dit pas.

Lindsay chercha autre chose dans sa mémoire.

– Des chaussons de danse.

– Oh ?

Lindsay haussa les épaules.

– C'était un peu idiot. Je n'ai même jamais demandé à mes parents de prendre des leçons de danse, et encore moins les chaussons. Je n'ai jamais été très sportive.

– Est-ce que c'est le but ? Tu sais, il y a très peu de ballerines qui font carrière. Mais je suis sûr que pour chaque ballerine, il doit y avoir des milliers d'autres jeunes femmes qui aiment danser.

Il s'avançait trop.

– Ce n'est pas un gros problème non résolu, protesta-t-elle. C'était juste un caprice. Je n'aurais pas été douée pour cela.

– Les caprices, c'est bien. Je n'aime pas l'idée que tu puisses croire que tu ne serais pas « assez bien » pour faire ce que tu veux.

Il glissa une mèche de cheveux derrière son oreille.

– Tu n'es pas obligée de tout faire *correctement*, Lindsay.

Fred l'étudia pensivement et elle se tortilla.

– C'est ce que tu fais depuis le début, n'est-ce pas ? C'est à cette période de l'année que tu as fait ta pire erreur. Et depuis, tu essaies de te rattraper. C'est pourquoi tu fais toujours autant d'efforts pour que Noël se passe *bien*. Et c'est pour cela que tu as raté quelque chose.

Fred, le psychologue amateur, avait donc fini par mettre le doigt dans l'engrenage. Ou du moins, il s'en était approché.

Lindsay essaya de prendre un ton décontracté.

– C'est assez évident, n'est-ce pas ?

– Était-ce évident pour toi ?

– Non, admit-elle.

Mais une pensée indésirable s'était glissée sous sa peau. La veille au soir et plusieurs fois aujourd'hui, elle avait nourri un souhait tout aussi improbable que celui de devenir une danseuse étoile. L'idée qu'une agence divine lui permette un jour de garder quelqu'un comme Fred. Elle ne méritait pas Fred, pas plus qu'elle n'aurait jamais été capable de danser avec ces chaussons.

Des pensées inutiles, elle s'apitoyait sur elle-même. Elle ne les laisserait pas gâcher sa dernière nuit avec Fred ; pas seulement pour elle, mais aussi pour lui.

– D'accord, tu gagnes. Tu as gagné ton diplôme de psychologue amateur, mais pour moi, cela ressemble beaucoup à un discours sérieux.

– Tu as raison. Je devrais être fouetté.

Il l'entraîna vers la voiture.

– Maintenant, nous ferions mieux de redescendre la colline pour le service religieux.

Fred glissa ses doigts dans ceux de Lindsay, s'émerveillant une fois de plus de l'harmonie naturelle qui régnait entre eux. Il allait mettre leurs mains dans sa poche, puis plongea la main dans la poche large et profonde du manteau rouge de Lindsay. Quelque chose accrocha au fond de la poche, et il sourit en se remémorant ce souvenir.

– Les coques de châtaignes.

Il entremêla ses doigts avec les siens.

– Je crois que c'est la première fois que je porte ce manteau depuis cette nuit-là.

D'une certaine façon, en moins de deux semaines, ils avaient vécu une histoire. Du moins, c'était ce qu'il lui semblait. Peut-être qu'il était en train d'enfreindre sa propre règle qui lui interdisait d'être sérieux, en donnant à tout ce qu'il faisait un sens plus aigu ce soir. Comme la façon inconsciente et naturelle d'adapter son rythme au sien lorsqu'ils marchaient, de ralentir ses grandes enjambées lorsqu'il sentait qu'elle avait besoin d'un peu d'aide.

Lindsay accéléra le pas pour ne pas se laisser distancer.

Le temps était peut-être limité, mais rien ne devait être précipité.

À la voiture, il lui ouvrit la portière et l'embrassa sur la joue pendant qu'elle montait dans l'habitacle. Il profita du bref trajet jusqu'à sa propre porte pour puiser un peu de vigueur dans l'air froid qui l'entourait, et la force de rester d'humeur légère. Au début, il avait essayé de se retenir ce soir, de ne pas trop la toucher, pensant que cela faciliterait les choses de revenir à une situation plus décontractée avant son départ. Il ne la reverrait plus, autant s'y habituer.

Mais il aurait bien trop de temps pour s'habituer à son absence. Il ne savait pas où il irait à partir de maintenant, ni combien de temps il vivrait sous cette forme. Mais sans Lindsay, le temps lui semblerait très long.

D'autres personnes s'étaient-elles attachées aussi rapidement ? Ou bien tout était-il condensé pour lui parce que le temps qu'il passait avec elle était tellement court ? Pour Lindsay, cette période ressemblerait probablement bientôt à une brève anomalie, une petite poche de temps à part dans sa vraie vie quotidienne. Si tant est qu'elle s'en souvienne.

Il pensa à sa promesse et résolut de toutes ses forces de faire en sorte qu'elle se réalise.

Un lourd soupir de Lindsay refléta ses pensées. Il devait être prudent. L'humeur est contagieuse, et il en était maintenant porteur. Un autre signe, supposait-il, qu'il était resté ici suffisamment longtemps.

Il était temps de faire diversion.

Il se redressa sur son siège lorsqu'il aperçut l'église.

– Nous sommes en avance, dit-il. Gare-toi au coin de la rue.

– Pourquoi ?

Lindsay jeta un coup d'œil vers la petite horloge numérique située dans la partie inférieure du tableau de bord, mais il garda son genou immuablement devant, comme il l'avait fait toute la soirée. Ses jambes ne tenaient pas dans beaucoup d'autres endroits de cette voiture.

– Fais-moi confiance. C'est moi qui commande, tu te souviens ?

Un peu de suspicion brilla dans son sourire, et elle gara la voiture près d'un arbre à feuilles persistantes le long de la route, où l'arbre projetait une ombre un peu plus sombre.

Fred détacha sa ceinture de sécurité et passa la main au niveau de sa taille.

– Comment ton siège se règle-t-il ?

– Hein ?

Il avait déjà trouvé le levier, et le siège bascula en arrière sans aucune grâce, entraînant Lindsay avec lui. Mais la grâce n'était pas le but recherché ici. Moins c'était grave, mieux c'était. Fred se pencha maladroitement sur elle, cherchant une position, emmêlant ses mains dans ses cheveux, respirant légèrement sur son oreille.

Son rire était une musique à ses oreilles.

– Fred, nous ne pouvons pas…

– Ne t'inquiète pas. Même moi, je ne peux pas nous attirer beaucoup d'ennuis en cinq minutes.

Il déplaça ses lèvres vers le bas, en écartant doucement le col de son pull pour caresser la peau douce sur le côté de sa gorge, jusqu'à ce que ses gloussements se taisent. Puis il l'embrassa, longuement et pleinement.

Lentement. Il refusait de se dépêcher ce soir. Ses bras vinrent l'entourer alors qu'elle répondait, l'attirant plus profondément dans cette incroyable sensation de chaleur et d'être connectés l'un à l'autre.

Quand les mots manquaient, il y avait ça. Même s'il restait si peu de temps, son baiser l'emmena dans un endroit où il ne pouvait même plus penser. Il n'y avait rien d'autre qu'eux deux, réunis dans un moment si parfait que tout le reste cessait d'exister.

Dans les bras de Lindsay, cinq minutes furent très courtes. Juste ce qu'il fallait pour se perdre complètement, et pour devoir se traîner à nouveau dans la réalité.

Il s'appuya de façon précaire sur le coin de l'appuie-tête de Lindsay, s'écartant juste assez pour regarder ses yeux, presque perdus dans l'ombre.

– Nous devrions rentrer maintenant, dit-il inutilement.

Lindsay acquiesça, touchant du doigt son menton, qu'il savait aussi lisse qu'il l'était le matin. Il ne pouvait pas lire dans ses pensées et il ne devait pas le vouloir. Mais il pouvait deviner. Il aurait aussi aimé retrouver ces poils, si cela lui permettait de rester avec elle.

L'horloge de l'église sonna onze heures. Il ne restait plus qu'une heure.

– Regarde ce que tu as fait. Tu nous as mis en retard.

Fred lui sourit avec une légèreté forcée et sortit pour lui ouvrir la porte.

L'église que Lindsay avait choisie était petite et calme, et Fred sentit quelque chose s'installer en lui dès qu'il y entra. C'était l'endroit idéal pour lui, pour se rappeler qu'il y avait des choses bien plus importantes que ses propres problèmes. Cette fête immémoriale avait existé bien avant lui et continuerait à exister bien après que ses petits problèmes terrestres auraient été oubliés.

Quand même. Il était là, pour le moment, en chair et en os, et il l'accepterait comme un cadeau. Ils ne devaient pas gaspiller ces derniers moments.

Alors, le bras autour de Lindsay, il chanta en chœur les vieilles chansons traditionnelles, des chansons qu'il connaissait sans les avoir jamais apprises. Lorsqu'il joignit sa bougie à celle de Lindsay, il pria pour lui transmettre plus qu'une simple flamme. Et il sortit avec elle, leurs bougies toujours allumées, en se concentrant fermement sur le présent qui se rapprochait à grands pas.

La cérémonie aux chandelles fut courte et l'appartement de Lindsay ne se trouvait qu'à quelques minutes de là. Malgré tout, elle fit de gros efforts pour ne pas accélérer sur le chemin du retour. Fred posa une main sur sa jambe.

– Ce n'est pas grave. Nous avons encore quinze minutes.

Quinze minutes ? Comment pouvait-il être aussi calme ? Son genou lui cachait encore la vue sur l'horloge du tableau de bord. Mais au moins, son contact la rassurait sur le fait qu'il était toujours là. Cela lui permettait de garder un peu plus facilement les yeux sur la route.

Lorsqu'ils atteignirent le porche de son entrée, Lindsay ouvrit la porte, mais Fred posa une main sur la sienne.

– C'est ici que je te laisse.

Lindsay déglutit difficilement et se retourna vers lui. Ce n'était pas la peine de perdre du temps à essayer de le convaincre de venir boire un café à l'intérieur. Elle le dévisagea, essayant de saisir chaque détail de ses traits. Fred semblait faire de même. Aucun homme sur Terre, elle en était sûre, ne pourrait jamais égaler la façon dont ses yeux sombres la regardaient.

Ne me laissez pas l'oublier, pensa-t-elle.

Fred s'approcha et posa une main sur sa joue. Ses yeux quittèrent brièvement les siens pour jeter un coup d'œil autour du porche, éclairé par sa seule lampe en forme de diamant.

– Tu accrocheras des lumières à l'extérieur l'année prochaine, n'est-ce pas ? Où que tu sois ?

Cela ressemblait un peu trop à un dernier souhait.

Lindsay hocha la tête, car elle ne faisait pas confiance à sa voix.

La voix de Fred frôla ses oreilles, un son toujours merveilleux, peut-être un peu plus rauque que d'habitude.

– Je ne sais pas quoi dire. Alors peut-être que je vais te donner ton cadeau de Noël.

De la poche de son pardessus, il sortit une boîte longue et étroite, soigneusement emballée dans du papier cadeau que Lindsay reconnut comme l'un de son placard.

– Fred, tu n'avais pas besoin de m'offrir quelque chose.

– Je voulais le faire.

Elle renonça à argumenter. Ils n'avaient pas le temps pour ça. Lindsay arracha le papier et découvrit une boîte de bijoutier, déformée et décolorée par l'eau. Elle prit une grande inspiration.

– Désolé, dit Fred. Elle est allée dans le lac avec moi.

Mais le contenu avait étonnamment bien résisté.

Elle se souvint de la façon dont Fred lui avait demandé son manteau le lendemain matin. À l'époque, cette question lui avait semblé étrange. Maintenant, les mains tremblantes, elle ouvrit la boîte en carton tachée d'eau. À l'intérieur, il y avait une deuxième boîte, une coque dure. Et à l'intérieur de cette boîte, une délicate montre-bracelet en or, dont le cristal sur la face avant montrait un très léger reste de condensation.

– Elle fonctionne toujours, lui dit-il.

Lindsay pouvait s'en rendre compte. La minuscule trotteuse en or voyageait autour d'une face ovale et mince. Elle indiquait minuit moins cinq.

Fred retourna la montre sur son lit de velours. Elle pensa d'abord qu'il essayait de lui cacher l'heure, puis elle vit l'inscription au dos. Lindsay l'inclina sous la lumière du porche et lut :

– « Il n'y a pas de meilleur moment que le présent ».

– Est-ce que j'ai bien choisi ?

Fred avait l'air inquiet.

Tu peux y arriver. Ne pleure pas devant lui.

– C'est parfait. Merci.

Il la prit dans ses bras, et elle s'accrocha, de tout son être, à son cou. Elle ne voulait pas le lâcher, et elle ne voulait pas qu'il voie les larmes qui commençaient à couler au coin de ses yeux.

– Chut.

Il n'avait pas l'air de se rendre compte qu'il lui tenait la taille aussi fermement qu'elle s'accrochait à lui.

– Tout cela a une raison, mon amour.

Il la tira en arrière pour la regarder. Puis caressa le contour de son visage du bout de son doigt.

– Lindsay, je...

Il s'interrompit.

– Tu es adorable. Est-ce que tu le savais ?

Elle secoua la tête, muette, la gorge trop serrée pour pouvoir parler.

– Ne l'oublie jamais. L'homme que tu choisiras sera chanceux.

Il baissa la voix.

– Il y a encore une chose pour toi dans le fond de la boîte.

Lindsay souleva la couverture en velours avec précaution. Au fond de la boîte, elle vit une petite forme blanche. Un bout de papier. Le nom de Steven y était écrit en caractères soignés, avec une adresse en dessous.

Son estomac se contracta.

– Comment as-tu obtenu cela ?

– Au siège. Bien que je soupçonne que tu aurais pu obtenir les mêmes informations dans un annuaire téléphonique.

L'adresse indiquait Durango, à environ une demi-heure de la maison de ses parents. Lindsay regardait fixement l'écriture sur le bordereau, vraisemblablement celle de Fred. Elle n'avait jamais vu son écriture auparavant.

– Il a intérêt à te mériter, dit soudain Fred, tandis que sa voix avait presque retrouvé son timbre normal. Ou je reviendrai l'année prochaine. Sous la forme d'un esprit vengeur. En miaulant, en faisant cliqueter des chaînes, et tout le tralala.

Elle le serra à nouveau dans ses bras, de toutes ses forces. Quelque chose à mi-chemin entre un rire et un sanglot se bloqua dans sa gorge. Fred semblait avoir cet effet sur elle.

– Cela n'a aucun sens, déclara-t-elle.

– C'est ce qu'il y a de mieux pour toi.

Ses mots étaient enfouis dans ses cheveux.

– Ils ne se trompent jamais.

– Ils se trompent cette fois-ci, murmura-t-elle férocement.

Il l'embrassa, et elle sut que ce baiser devait être le dernier. Lindsay s'accrocha, ne voulant pas que l'inévitable se produise. Elle sentit un monde de désir derrière cette phrase ; Fred ne faisait plus semblant de plaisanter. Il détacha lentement ses lèvres des siennes, sans la lâcher, ses yeux pesant sur les siens.

Il fallait qu'elle le dise. Pourquoi ne l'avait-elle pas dit avant ?

– Fred, je...

Il la relâcha et fit un pas en arrière, à l'extérieur du faible anneau de lumière de son porche. Et pour la première fois ce soir-là, Lindsay sentit la morsure amère de l'air hivernal autour d'elle.

– Tu n'as pas besoin de le dire.

Sa voix était tendue, et d'une certaine façon plus faible.

Les larmes brouillaient la vue de Lindsay. Elle sentit, plutôt qu'elle ne vit, Fred faire un pas de plus en arrière.

Ses paroles semblaient venir de très loin :

– Je t'aime aussi.

Lindsay cligna fortement des yeux pour les éclaircir, et lorsqu'elle les rouvrit, elle était seule sous le porche.

À l'endroit où Fred se tenait, et dans la nuit au-delà, une neige fine et blanche se mit à tomber.

Chapitre 14

Le matin de Noël, Lindsay se réveilla le cœur brisé.

Elle ne pouvait pas regarder une seule chose dans son appartement sans que cela lui rappelle Fred. Les décorations de Noël. Le grille-pain. Le canapé où il avait si souvent posé son pardessus. Et si elle fermait les yeux, elle sentait le parfum boisé du sapin qu'il lui avait apporté. L'arbre avait l'air aussi frais et sentait aussi bon maintenant que le jour où ils l'avaient installé.

Même la neige qui avait saupoudré le paysage pendant la nuit – suffisamment pour décorer les pelouses, les buissons et les arbres, mais pas assez pour tenir sur la chaussée – témoignait de la promesse de Fred qu'elle vivrait un Noël blanc.

Tout lui faisait penser à Fred. Mais c'était mieux que de l'oublier.

Alors elle porta sa montre, prépara un sac et conduisit sur l'autoroute presque vide jusqu'à la maison de ses parents, avec des cadeaux dans le coffre et l'adresse de Steven, comme un morceau de charbon ardent, dans sa poche.

Sa mère adorait le cerf en verre des décorations de rue. Et si elle remarquait quelque chose d'anormal dans le comportement de sa fille, elle aurait assez de tact pour ne pas le mentionner. Quand Lindsay était avec son père et sa mère, quand elle était occupée, elle se sentait parfois presque normale. Presque. Quand elle était seule et qu'elle avait le temps de réfléchir, la blessure semblait être là, à l'attendre, comme des piques de fil barbelé.

Le samedi après Noël, Lindsay fit le trajet jusqu'à Durango et à la maison de Steven. Elle ne se sentait toujours pas à sa place. Mais Fred lui avait demandé de le faire. Et, bien qu'il n'ait pas l'air de s'en préoccuper présentement, elle n'était pas sûre de ce qui pourrait lui arriver si elle ne le faisait pas.

Les indications qu'elle avait obtenues en ligne la menèrent à une jolie petite maison grise dans une rue tranquille de banlieue. Les branches dénudées d'un saule formaient un énorme parapluie couvrant la majeure partie de la cour. En été, son ombre devait être agréable. L'endroit semblait assez chaleureux et accueillant, un peu comme le quartier où ils avaient grandi.

Une berline bleu foncé se trouvait dans l'allée, Lindsay se gara donc le long du trottoir. Ce serait bien sa veine d'égratigner l'aile de la voiture de son ex avant qu'il ne pose à nouveau les yeux sur elle.

Ex-petit ami. Et une fois, pendant quelques jours, il avait été son fiancé.

Lindsay força ses mains à détacher leur emprise tenace sur le volant, sortit de la voiture et marcha jusqu'au seuil de la porte. On aurait dit que la neige n'était pas tombée là la semaine précédente. Elle savait que ses parents n'en avaient pas eu. Tout avait juste l'air brun et humide, à l'exception du ciel, lourd de nuages gris. Elle avait choisi un jour maussade pour faire cela, mais elle s'était dit que le samedi était le jour le plus propice pour le trouver chez lui.

Elle resta debout, la main posée sur la sonnette, se demandant pourquoi elle n'avait pas appelé avant.

Parce que le bout de papier de Fred contenait une adresse, mais pas de numéro de téléphone. Au téléphone, il aurait été facile pour Steven de lui dire de ne pas venir, et cela lui aurait fourni une échappatoire s'il était lâche. Encore une fois. Il est beaucoup plus difficile de refuser de voir quelqu'un qui se trouve déjà devant votre porte.

Lindsay cessa d'essayer de rassembler son courage. Elle ne serait jamais prête. Elle sonna, se rappelant la première fois qu'elle avait vendu des biscuits lorsqu'elle était scoute. À l'époque, elle sonnait à la porte et attendait nerveusement quelques secondes. *Il n'y a personne ? Oh, tant pis.* Elle se retournait pour partir et la porte s'ouvrait.

Aujourd'hui, elle tint bon, même si battre en retraite lui semblait toujours aussi tentant. La porte s'ouvrit. Un Steven très reconnaissable se tenait dans l'encadrement de la porte, vêtu d'un jean et d'un pull rouge. Son visage avait perdu sa maigreur d'adolescent et avait pris un air plus adulte, mais il portait bien les dix dernières années de sa vie. Elle l'aurait reconnu n'importe où.

Des yeux bleus familiers la fixaient comme si une autruche était apparue sous son porche.

– Lindsay ?

Elle avait pensé à environ quatre-vingts choses à lui dire pendant le trajet, et aucune n'était bonne.

– Bonjour, commença-t-elle.

Une petite fille d'environ quatre ans apparut à côté de lui. Debout près de la jambe de Steven, elle regardait Lindsay avec curiosité.

– C'est qui, papa ?

L'esprit de Lindsay s'emballa alors qu'elle plongeait son regard dans les yeux bruns de la petite fille. Peut-être que tout cela commençait à avoir un sens. Si cette petite fille avait besoin d'une mère…

– Ma chérie, reviens et finis ton déjeuner.

Une jolie femme blonde rejoignit la petite fille à côté de Steven, et regardait Lindsay d'un air interrogateur avec les mêmes yeux bruns que l'enfant.

– Bonjour, dit-elle en prenant la petite fille dans ses bras.

Cela ne collait pas. Lindsay savait qu'elle était loin d'être parfaite, mais elle n'était pas une briseuse de ménage. Et le quartier général n'avait sûrement pas l'intention de provoquer un drame non plus. Alors pourquoi l'avaient-ils envoyée ici ?

Steven la fixait toujours. Elle n'était pas sûre qu'il ait cligné une fois des yeux.

– Chérie, voici Lindsay.

– Oh.

De toute évidence, cette femme avait entendu parler d'elle. Lindsay pria pour qu'une crevasse s'ouvre dans le trottoir afin de disparaître.

– Lindsay, voici ma femme, Karen, et notre fille, Hannah.

Un monde de questions se cachait derrière ces présentations.

Lindsay dit des banalités.

– Enchantée de vous rencontrer, dit Karen. Laisse-la entrer, mon chéri. Il doit faire froid dehors.

Oh, super. Le jour gris et couvert ne faisait que lui donner un air piteux.

– Bien sûr. Désolé.

Steven s'écarta, et Lindsay entra, se demandant pourquoi diable elle était là.

Karen installa Hannah sur sa hanche. C'était le genre de femme qui pouvait en deux secondes enrouler ses cheveux dans une pince, comme c'était le cas maintenant, et avoir l'air fabuleuse.

– Vous voulez boire quelque chose ? Du café ?

Oh. Non. C'était bizarre. Beaucoup trop bizarre.

– Non, merci. Je suis juste passée pour une minute.

Pour m'humilier.

– Oh.

Une mèche blonde parfaite tomba mollement sur le sourcil de Karen, et elle pencha la tête pour l'écarter.

– J'étais en train d'essayer de convaincre Hannah de finir son déjeuner, alors…

Karen lui adressa un vague sourire et se dirigea vers une porte située à gauche, tandis qu'Hannah jetait un coup d'œil à Lindsay par-dessus son épaule. Il s'agissait manifestement d'une femme sûre d'elle. En même temps, qu'est-ce que Lindsay pourrait bien faire ? S'enfuir avec son mari ?

Steven lui fit signe d'aller dans la direction opposée, vers le salon. Lindsay prit place sur le canapé, tandis qu'il s'installait dans un fauteuil face à elle.

Son visage affichait toujours l'air ahuri du début.

– Excuse le désordre.

Le sapin de Noël était encadré dans la fenêtre, le tapis tout autour était jonché de Barbie, d'animaux en peluche et de pantoufles roses en fourrure qui avaient l'air neuves. Le salon d'une petite fille qui avait l'air de ce qu'il devait être trois jours après Noël.

– Non, c'est très bien.

Lindsay chercha à prouver qu'elle était encore capable de faire une phrase cohérente. Elle ferma les yeux et essaya de faire coïncider cet étranger déconcerté avec la personne qu'elle avait si bien connue, tant d'années auparavant.

– Steven, c'est vraiment idiot. Je ne sais même pas pourquoi je suis là.

Les mots de Fred résonnèrent dans sa mémoire : *« Fais ce que tu dois faire. »*

– Je suppose que c'est pour m'excuser. Et peut-être pour t'expliquer.

– Tu n'es pas obligée de faire ça.

Ses yeux bleus constituaient un miroir parfait – froid, opaque et beaucoup plus difficile à lire que les yeux de Fred.

– C'était il y a longtemps.

– Je sais que…, commença-t-elle.

Lindsay se creusa la tête, essayant de trouver une explication qui n'impliquait pas des anges, un quartier général ou une balade en voiture à Bellevue, comme cela aurait dû être le cas. Elle ne voulait pas paraître encore plus folle ou pitoyable qu'elle ne l'était déjà.

Tout ce qu'elle put trouver, c'était la vérité.

– S'il y a quelque chose que j'ai fait et que j'aurais aimé faire différemment, c'est bien ça. Et je suis désolée. Pour la façon dont je suis partie. Je n'étais tout simplement pas prête, et je n'ai pas eu le courage de te le dire. Je pense que je ne savais pas ce que je voulais.

Steven se pencha en avant, posa les coudes sur ses genoux, une posture qui lui rappelait davantage le garçon qu'elle connaissait.

– Pour te dire la vérité, je me suis un peu demandé si j'étais censé te poursuivre. Comme si c'était une sorte de test. J'ai pensé que c'était peut-être ce que tu voulais, mais…

Fred m'aurait poursuivie. Comme si cela faisait une différence.

– Mais tu ne l'as pas fait.

– Non. Je ne me souviens plus maintenant si j'étais plus blessé ou plus contrarié.

Il lui adressa un demi-sourire curieux.

– Ce n'est pas un truc en douze étapes, n'est-ce pas ? Comme les Alcooliques anonymes, où tu retournes voir les gens que tu…

– Non.

Lindsay sentit son visage devenir brûlant. Mais elle était venue jusque-là et avait tant pris sur elle. C'était une démarche qu'elle allait mener à bien correctement. Elle regarda le sapin.

– Je ne t'ai pas gâché Noël au moins ?

Il rit.

– Oh, la première année qui a suivi n'a rien eu d'extraordinaire. Mais non.

Il fit un signe de tête en direction du brouhaha indistinct de voix provenant de l'autre côté de la maison.

– Tout s'est bien passé. En fait…

Il se pencha en avant et tendit la main pour soulever une branche près du bas de l'arbre, afin d'exposer un ornement que Lindsay avait presque oublié. Une ridicule vache violette. Elle la lui avait offerte, probablement leur première année, en guise de plaisanterie. L'objet était encore plus hideux que dans ses souvenirs.

Elle se souvint des paroles de Fred : *« Certaines des décorations de Noël les plus réussies sont hideuses. »*

– Tu as encore ce truc ? Tu te moques de moi.

– Hannah l'adore. Chaque année, c'est elle qui doit l'accrocher.

Lindsay écouta le cliquetis rythmé, quelque part derrière elle, des couverts qui frappaient un motif improvisé contre une assiette.

– Tu n'as qu'un seul enfant ?

– Jusqu'à présent.

– Elle est magnifique, dit Lindsay.

– Elles le sont toutes les deux.

Lindsay tenta de déceler en elle-même un signe de jalousie, mais n'en trouva pas, à moins que ce ne soit dans l'idée que la petite fille aurait pu être la sienne.

– Je suis heureuse pour toi, dit-elle. Je le suis vraiment.

Et elle se rendit compte qu'elle le pensait vraiment.

Steven se rassit en arrière, son visage se détendit et afficha un sourire plus naturel.

– C'est vraiment tout ce que tu es venue chercher ?

Elle haussa les épaules.

– C'est tout.

– Tu n'étais pas obligée de le faire. Mais c'est gentil de ta part.

Lindsay ne trouva rien d'autre à dire, mais quelque chose en elle s'était éclairci. Elle ressentit un sentiment de plénitude.

Réconciliés. Elle comprit tardivement le sens de ce mot. Fred n'avait pas été envoyé pour la réunir avec Steven de façon permanente ; juste pour résoudre une histoire inachevée.

Le quartier général aurait pu leur épargner à tous les deux beaucoup de souffrance s'ils avaient simplement *dit* ça.

– Et toi ? disait Steven. Es-tu mariée ?

– Non. Pas encore, bluffa-t-elle.

Elle se demandait maintenant si elle se marierait un jour. Cela n'avait jamais été une préoccupation quotidienne pour elle, mais maintenant...

Lindsay se mit debout.

– Je ferais mieux d'y aller.

Un chapitre de sa vie s'était achevé. Mais le reste s'étendait devant elle, un livre inachevé.

– Tu dois passer de mauvaises vacances, dit Jeanne. Si j'étais en congé, je ne m'approcherais pas à moins de quinze kilomètres d'ici.

Elles s'assirent dans le restaurant thaïlandais situé en face du bureau, on était deux jours après la visite de Lindsay à Steven.

– Cela a été un Noël étrange, admit-elle.

Ces derniers temps, Lindsay connaissait Jeanne mieux que Steven, mais elle ne savait toujours pas par où commencer. Mais si Jeanne pouvait apprendre quelque chose de son erreur, cela en vaudrait la peine. Elle attendit que leur soupe à la noix de coco arrive avant de commencer à entrer pour de bon dans le sujet.

– Jeanne, dit Lindsay en plongeant un champignon dans sa soupe. Cela ne me regarde pas, mais je voulais te parler. À propos de Brad. Je peux me tromper complètement, et tu peux me dire...

– Brad ? (Jeanne pinça les lèvres et enfonça deux fines pailles rouges dans son thé glacé thaïlandais.) Ne mentionne même pas son nom.

Lindsay leva la tête.

– C'était un zircon ? dit-elle avant de réfléchir.

– Cela aurait pu être le cas. Le lendemain de Noël, il a commencé à dire qu'il était à court d'argent. Et il n'a jamais quitté mon doigt des yeux.

– Qu'est-ce que tu as fait ?

Jeanne tendit sa main gauche nue au-dessus de la table avec une pichenette dédaigneuse.

– Je lui ai dit d'aller se faire voir.

– Oh.

Si Lindsay avait été moins distraite, elle aurait remarqué que la bague n'était plus là.

– Pourquoi ? Qu'allais-tu me dire ?

– Ça n'a pas d'importance. C'est juste que…

Il était inutile de poursuivre. Le problème de Jeanne était déjà résolu, et elle semblait tenir étonnamment bien le coup.

– Non, vraiment. Tu savais quelque chose que j'ignorais ?

Lindsay passa ses doigts dans ses cheveux.

– Comme je te le disais, ce ne sont pas mes affaires. Mais je m'inquiétais pour toi. Quand tu m'as montré la bague, tu avais l'air un peu…

– Tu as les yeux verts ?

Lindsay acquiesça.

– Tu sais qui a vraiment l'air vert ? Brad, quand il essayait de s'échapper. Je crois que j'étais plutôt soulagée.

Jeanne posa sa cuillère et Lindsay réalisa que son amie n'avait pas encore commencé sa soupe.

– Je n'aurais jamais dû dire oui en premier lieu. Je ne devrais pas être aussi impatiente de me marier. Mais quand il m'a fait sa demande… Je ne sais pas, je suppose que j'ai eu l'impression que c'était peut-être ma seule chance de me marier.

– C'est ce que j'ai ressenti aussi.

Jeanne leva la tête.

– J'ai été fiancée une fois. À l'université. Pas très longtemps. Mais c'est ce que je voulais te dire. Après avoir dit oui, j'ai ressenti ce malaise au niveau de l'estomac…

– Comme si tu avais avalé quelque chose et que c'était resté là comme un caillou ?

– C'est ça. Et j'ai pensé que tu ressentais peut-être la même chose. Je ne voulais pas m'en mêler si ce mariage était ce que tu voulais vraiment, mais je me sentais mal de ne rien dire.

Lindsay s'interrompit. Elle bafouillait à nouveau. Elle bavardait beaucoup ces derniers temps.

– Tu es une véritable amie, Lindsay.

Jeanne remua son thé glacé.

– Et je ne savais même pas que tu avais été fiancée. Comment se fait-il que nous ne fassions jamais rien ensemble en dehors du bureau ?

– Je ne sais pas.

– Viens à ma fête du Nouvel An demain soir. Tu dis toujours que tu vas essayer de venir, mais tu n'y arrives jamais.

– Tu la fais quand même ?

– Bien sûr.

Jeanne prit finalement une cuillerée de sa soupe.

– Je ne suis pas en deuil. Je me sens juste un peu stupide.

Elle sourit.

– Si tu veux vraiment me remonter le moral, apporte ce fondant. Celui aux amandes. Il était extra la dernière fois.

Les yeux de Lindsay la picotèrent de façon inattendue. Elle se pencha sur sa soupe et sentit le regard soudain attentif de Jeanne.

– Et toi ? Que s'est-il passé avec le joyeux Anglais ?

Lindsay étudia les morceaux de persil qui flottaient.

– Il est parti.

– Le rat.

– Non, ce n'est pas sa faute. Il n'a pas eu le choix. Il…

Il a disparu sur le pas de ma porte.

La réalité, ou l'irréalité de la situation, la frappa de plein fouet. Lindsay posa sa cuillère et ferma les yeux un instant, puis regarda Jeanne avec désespoir. Au moins, Jeanne se souvenait aussi de lui.

– Tu l'as vu, n'est-ce pas ? demanda Lindsay, juste pour en être sûre. Tu pensais qu'il était…

– Un mètre quatre-vingt-dix de beauté. Et fou de toi.

– Merci.

Lindsay se tamponna les yeux avec un sourire ironique.

– Je ne sais pas si ça m'aide beaucoup.

– Je suis désolée, dit Jeanne. Je n'aurais pas dû le traiter de rat. Je ne le pensais pas. Parfois, il est plus facile de se mettre en colère que…

– Je sais.

Si Fred avait fait quelque chose de mal, peut-être cela l'aurait-il aidé. Au lieu de cela, elle s'accrochait à l'image parfaite et à la façon dont il l'avait regardée, ces dernières minutes devant sa porte.

Lindsay but une grande gorgée de son thé. Lorsqu'elle reposa son verre, Jeanne l'étudiait attentivement.

– Oh, ma chérie. Ta situation est pire que la mienne. Je ne savais pas.

La vision de Lindsay se brouilla.

– Tu te sens *comme ça*, et tu descends m'emmener déjeuner parce que tu as peur que *je* ne sois blessée ? Nous ne devrions pas déjeuner. Nous devrions être dehors en train de boire des mai tai, ou un de ces stupides petits cocktails avec des parapluies.

Lindsay éclata de rire.

– Et de chanter au karaoké.

– Dis-moi que tu viendras demain soir. Tu en as besoin.

Lindsay acquiesça.

– D'accord. Je vais…

Jeanne leva un sourcil en signe d'avertissement.

– Je serai là, corrigea Lindsay.

Chapitre 15

Lindsay se tenait près de la grande assiette de fromage et de craquelins installée sur la table de la salle à manger de Jeanne, sirotant timidement le contenu de son verre à pied en plastique. Jeanne était très fière d'avoir réussi à reproduire le punch à l'ananas de Phil et Helen, et Lindsay ne voulait pas d'un autre mal de tête causé par le sucre. Le volume sonore du minuscule appartement menaçait de le déclencher de toute façon. Beaucoup de voix, en concurrence avec la musique de fond, un CD de chansons de Noël qui faisaient leur dernier tour de piste pour l'année.

Quels que soient les problèmes de Jeanne avec les hommes, les spécimens masculins étaient assurément nombreux à sa fête, et ils avaient une nette tendance à s'agglutiner autour de leur hôtesse. Lindsay sourit en voyant Matt essayer de placer un mot pendant que Jeanne bavardait avec quelqu'un de grand, de blond et de séduisant.

J'avais raison, pensa-t-elle. *Je dois le dire à Fred.*

Et elle grimaça intérieurement. Elle se demandait quand les pensées de ce genre cesseraient d'être si fréquentes.

Elle s'était aventurée dehors ce soir, supposait-elle, surtout pour lui. Il aurait été tentant, et facile, de se mettre en boule et de rester à la maison. Mais elle savait que Fred ne l'aurait pas voulu. Il avait si souvent dit qu'il voulait lui laisser quelque chose de positif. Alors elle avait mis son pull rouge, essayant d'avoir l'air joyeuse pour une dernière soirée de vacances, et elle était venue.

Au moins, elle pouvait faire mieux que cette *autre fois.*

La veille du Nouvel An, il y avait dix ans.

Elle cherchait quelqu'un à qui parler. Elle connaissait quelques personnes de son bureau, mais pas la plupart des gens présents. Lindsay sourit d'un air absent et se dirigea vers le salon, déterminée à ne pas rester scotchée au même endroit toute la nuit. Peut-être pourrait-elle tenir compagnie à Matt pendant un petit moment, ou trouver quelqu'un qui veuille parler des hors-d'œuvre.

Et puis elle le vit.

Quelqu'un d'autre avait dû le faire entrer, car Jeanne était toujours entourée de ses prétendants. Lindsay cligna des yeux, au cas où ils lui joueraient un tour. Elle se mordit la langue, au cas où elle aurait rêvé. Parce que là, à cinq mètres de l'autre côté de la pièce, se trouvait Fred Holliday.

Et pourtant, ce n'était pas le cas. Pas de pardessus, pas de chapeau haut de forme, pas même un sweat-shirt trop petit, juste un pantalon noir et un pull vert foncé qu'elle n'avait jamais vus auparavant, le genre qu'on trouverait dans n'importe quel grand magasin d'aujourd'hui.

Il avait l'air très légèrement décalé, comme s'il cherchait quelqu'un. Il jeta un coup d'œil dans sa direction, et son cœur sembla s'arrêter.

Il ne l'avait pas reconnue. Pendant un instant, elle en fut sûre. Son visage était si immobile que Lindsay ne pouvait y lire aucune expression.

Puis il se dirigea vers elle d'un pas souple et décidé, si décidé que les autres personnes présentes dans la pièce s'écartèrent automatiquement. Au fur et à mesure qu'il se rapprochait d'elle, elle pouvait voir à quel point ses yeux sombres étaient fixés sur elle. Ce qu'elle avait pris pour un manque d'expression était en fait une concentration intense. Lindsay se rendit compte que son cœur battait, et même plus, qu'il battait à tout rompre. Et qu'elle devrait bouger aussi, au lieu de rester debout comme si ses genoux avaient été remplacés par des sacs de ciment mouillé.

Lorsqu'elle se dirigea vers Fred, d'autres personnes s'écartèrent de son chemin aussi. Elle ne se souvenait pas que cela se soit déjà produit auparavant.

Et ils s'écrasèrent l'un contre l'autre, les bras serrés l'un autour de l'autre si étroitement que Lindsay ne pouvait pas respirer et ne s'en souciait pas. Tout ce qu'elle pouvait faire, c'était s'accrocher à lui. Il était là. Il était solide. Il était réel.

Debout sur la pointe des pieds, elle posa son menton sur son épaule.

– Je croyais que tu t'étais évaporé, murmura-t-elle.

– Je ne suis pas sûr que tu aies eu tort.

Elle recula, juste assez pour lui lancer un regard interrogateur.

Fred sourit.

– Y a-t-il un endroit où nous pourrions parler seuls ?

Lindsay jeta un coup d'œil autour d'elle et tomba sur la porte-fenêtre en verre coulissante au fond de la pièce. Elle prit la main de Fred et l'entraîna vers la porte. Lorsqu'ils l'atteignirent, Jeanne se tenait là, attendant avec un sourire complice, et l'ouvrit pour eux. Ils sortirent sur un petit balcon, d'environ un mètre de large.

Avant que la porte en verre ne finisse de se refermer, Fred l'avait à nouveau prise dans ses bras, la soulevant de ses pieds tout en couvrant sa bouche de baisers. Lindsay se balançait dans l'espace, pressée contre lui, enivrée par la sensation de flotter tandis qu'il les faisait tourner en un petit cercle lent sur le minuscule balcon. C'était bien Fred, merveilleusement inchangé, malgré les différences d'apparence extérieure.

Ce n'est que lorsqu'il la déposa à terre, en faisant pleuvoir des baisers sur son visage, qu'elle commença à ressentir le froid. Il n'y avait pas eu de chute de neige depuis une semaine, mais la nuit était fragile et immobile. Seule l'absence de vent rendait supportable le fait de rester dehors sans veste.

– Ouh, nous sommes sûrs d'avoir de l'intimité, déclara Fred en passant ses bras autour de sa taille, la tenant fermement contre lui. Il fait un froid de canard ici.

Fred avait froid ? Elle leva les yeux vers lui.

– Tu es congelé ?

– Oui, je t'assure que je suis très mortel. Maintenant.

– Comment ça se fait ? Est-ce que c'est bon ou mauvais ?

– Je suppose que cela dépend de toi.

Ses yeux fouillaient son visage à la recherche d'un indice.

– Je me suis réveillé dans un hôpital. Victime d'amnésie.

– D'amnésie ?

– Réfléchis. Comment décrirais-tu autrement un homme de trente ans qui n'a aucun souvenir avant les deux dernières semaines environ ?

Il lui caressa les cheveux.

– Je ne t'ai jamais oubliée, ni nous. Mais je ne pouvais pas leur dire ça. Je ne savais pas si tu devais être impliquée. Je ne savais pas ce qu'il adviendrait de Steven.

– Il est marié. Heureux. Avec une petite fille.

– C'est bien pour lui.

Fred l'embrassa sur le dessus de la tête.

– Merci d'y être allée. C'est grâce à toi que cela a été possible.

– Comment ça ?

– Eh bien, ils m'ont trouvé inconscient, non loin de l'hôpital, le 28 décembre. Cette date te dit-elle quelque chose ?

C'était gravé dans sa mémoire.

– C'est le jour où je suis allée voir Steven.

– C'est aussi la date de naissance qui figure sur mon passeport. Ils l'ont trouvé dans la poche de mon manteau. Fred Holliday, Camden Way, Londres.

Lindsay fronça les sourcils.

– Mais c'est moi qui l'ai inventé.

– Et quelqu'un d'autre a fait en sorte qu'il en soit ainsi. Mes superviseurs sont très honnêtes, vraiment.

Jusqu'à présent, elle avait presque décidé qu'ils étaient une bande de sadiques. Lindsay passa sa main sur son épaule, touchant son pull, pour s'assurer une fois de plus qu'il était bien là. Elle passa son doigt sur son menton. Rugueux.

– Alors, continua-t-il, j'ai fait comme si je ne savais pas comment j'étais arrivé ici, ce qui est presque la vérité. Pendant un moment, j'ai eu peur qu'ils ne m'envoient finir mes jours dans un petit appartement de Camden que je n'avais jamais vu auparavant. Puis, hier, un monsieur aux cheveux gris s'est présenté. Je l'ai reconnu.

– Du quartier général ?

Il hocha la tête.

– Un de mes superviseurs. Seulement, il leur a dit qu'il était mon oncle et ils m'ont confié à sa garde. Un homme très gentil. Tu l'as rencontré, d'ailleurs. Tu l'as jeté hors de ton appartement, en fait.

Lindsay sursauta.

– C'était ton patron ?

– « Était » est le mot. Son dernier acte officiel a été de m'amener jusqu'à toi ce soir.

– Tu es vraiment ici pour de bon ?

– Complètement lié à la Terre, ma chère. Et j'espère que tu penses que c'est une bonne chose.

– Bien sûr que oui.

C'était trop merveilleux pour être vrai. C'était peut-être pour cela qu'elle avait tant de mal à y croire. Il devait y avoir un piège.

– Mais *pourquoi* ?

Il effleura légèrement sa joue avec des doigts froids, et Lindsay tendit la main pour les envelopper. Pour une fois, ses mains étaient plus chaudes que celles de Fred.

– Chacun d'entre nous avait un travail à faire, dit-il. Le mien était de te guider pour que tu te réconcilies avec Steven, et le tien était d'aller jusqu'au bout. De voir Steven et de te libérer de cette idée que tu avais fait des dégâts irréparables. Que tu ne méritais pas d'être aimée. Ou même de profiter de Noël.

– Alors pourquoi ne te *l'*ont-ils pas *dit* ?

Lindsay ressentit un mélange déconcertant de joie et d'exaspération.

– Parce que, si j'étais fait pour toi, je devais désirer ce qu'il y avait de mieux pour toi. Même si ce n'était pas ce que je voulais. Ils ne pouvaient pas dire : « Agis de façon désintéressée, et la fille est à toi. » Cela irait à l'encontre du but recherché. Nous devions agir pour les bonnes raisons.

Il lui serra la main.

– Est-ce que tu comprends maintenant ? Penses-y, Lindsay.

Il saisit ses deux mains dans les siennes et la regarda dans les yeux.

– Quelque chose comme ça n'arrive pas tous les jours. Je suis vraiment fait pour toi.

Ses yeux sombres brillaient devant les siens.

– Mon cadeau de Noël, murmura-t-elle.

– Exactement. Mais nous devions d'abord le mériter.

– Mais je ne mérite pas… que tu…

Il posa un doigt sur ses lèvres.

– Ne parle pas comme ça. Tu veux que je disparaisse dans une bouffée de fumée ?

Elle écarquilla les yeux d'horreur. Il se mit à rire.

– Ne t'inquiète pas, ma chérie. Je t'aime et je suis là pour rester. À moins que tu ne me prouves le contraire, en me brisant le cœur et en me renvoyant.

– Jamais.

Enfin, elle pouvait le dire. Ce qu'elle n'avait pas eu l'occasion de dire lors de cette dernière nuit, alors qu'elle pensait ne plus jamais le revoir.

– Je t'aime.

Elle se rapprocha de lui, mais avec toute sa détermination, Fred la retint.

C'était si difficile pour lui de garder une quelconque distance avec elle. Il se sentait assailli par des envies contradictoires. Il ne pouvait que la regarder, lui parler, la dévorer des yeux. Et la peur qu'elle ne se lasse de tout cela, malgré le fait qu'elle rayonnait littéralement devant lui. Il n'arrivait pas à croire qu'elle était à lui, et cette incertitude était un sentiment nouveau. Il semblait avoir décelé un soupçon d'insécurité. Il supposait que c'était le propre de ce corps mortel, tout comme la faim, la soif et la capacité à ressentir le froid.

Il y avait tant de choses à prendre en compte. Où il trouverait un emploi. Comment ils allaient vivre. Les implications pratiques de tout cela étaient stupéfiantes, et il savait qu'il n'imaginait même pas la moitié d'entre elles. Mais cela pouvait attendre. Maintenant qu'il avait répondu à toutes ses questions, il n'en avait plus qu'une seule.

Il prit une grande inspiration et posa la question :

– Lindsay Miller, veux-tu m'épouser ?

Elle passa les bras autour de son cou.

– Oui !

De l'intérieur de l'appartement provenait le son lointain de hourras et de klaxons, accueillant la nouvelle année. Leurs premières vacances ensemble étaient terminées.

Il l'embrassa, referma les bras autour d'elle, jusqu'à ce qu'ils oublient tous les deux le froid. Fred se rapprocha ensuite et gloussa en déclarant :

– Tu le regretteras, tu sais. Et tu ne pourras t'en prendre qu'à toi-même.

– Qu'est-ce que tu veux dire ?

– Tu viens d'accepter de passer le reste de ta vie avec un homme qui s'appelle Fred.

Épilogue

Fred et Lindsay Holliday tiennent une boulangerie à Lakeside, dans le Colorado, qui est réputée pour son fudge, en particulier la recette du fudge aux amandes. Leurs amis, qui les voient souvent, disent qu'ils savent mieux que quiconque célébrer la période de Noël, un esprit qui semble perdurer dans leur foyer tout au long de l'année.

Pour Noël, chaque année, ils envoient des cartes postales.

Remerciements

Noël, c'est avant tout croire, et ce livre ne serait pas là sans la foi et le soutien de nombreuses personnes. Voici quelques-unes des personnes qui ont rendu ce projet possible :

Mon mari, Charlie, avant tout, pour avoir toujours cru en moi.

Stephanie Newton et Jody Wallace, deux des premières personnes à avoir cru en Fred.

Al Gansky, pour m'avoir conduite à Jonathan Clements, mon agent au Wheelhouse Literary Group.

Jonathan, pour m'avoir prise en charge, et son associée, Annette Marshall, pour l'avoir aidé à présenter cette histoire aux bonnes personnes.

Et John Scognamiglio, mon éditeur chez Kensington Publishing, pour avoir dit « Oui ».

Sous la direction de : Ambre Rouvière
Correction : Nord Compo
Composition : Nord Compo
Conception graphique de la couverture : Nord Compo
Illustration de couverture : © Shutterstock/Olalaphoto

PEFC
10-31-1601
Ce produit est issu de forêts gérées durablement et de sources contrôlées

FABRIQUÉ EN FRANCE

Depuis 2009, Prisma Media met en place une politique d'achat éco-responsable. Ainsi, près de 100 % du papier de nos magazines est certifié PEFC (gestion durable des forêts). La fabrication des livres des Éditions Prisma s'inscrit également dans cette démarche.

Dépôt légal : octobre 2024 – n° d'impression 2407.0117
Achevé d'imprimer en France par : Aubin Imprimeur